칠전팔기 내인생。

「이 도서의 국립중앙도서관 출판시도서목록(CIP)은 e-CIP홈페이지(http://www.nl.go.kr/ecip)와 국가자료공동목록
시스템(http://www.nl.go.kr/kolisnet)에서 이용하실 수 있습니다.(CIP제어번호: CIP2012003829)」

칠전팔기 내 인생

초판 1쇄 발행 / 2012년 9월 27일
초판 2쇄 발행 / 2014년 4월 4일

지은이 / 김준형
펴낸이 / 한혜경
펴낸곳 / 도서출판 異彩(이채)
주소 / 135−100 서울특별시 강남구 청담동 68-19 리버뷰 오피스텔 1110호
출판등록 / 1997년 5월 12일 제 16-1465호
전화 / 02)511-1891, 512-1891
팩스 / 02)511-1244
e-mail / yiche7@dreamwiz.com
ⓒ 김준형 2012

ISBN 978-89-88621-95-0 03810

내인생.

칠전팔기

김준형

이채.

준형이는 한때 교통사고로 죽었다 다시 살아난 기적의 남아이다. 일류 대학만 고집하여 삼수를 하고, 대학을 가기 전에 호주에 인터넷으로 무역을 시도하며, 자기보다 나이 많은 상류 사회 친구들과 교제하는 등 집에서 홀로 지내기보다는 어려서부터 친구들과 어울려 세계를 나들이하는 배짱 좋은 방랑아(?)라 하겠다. 나는 한때 그의 허영심 많고 괴짜한 풍운아적 모습에 앞으로 무엇이 되겠는지 걱정을 하기도 했었다. 왜냐하면 우리 가문은 4대 기독교 목사의 집안이었고 그의 조부도 목사였기 때문에 혹시 이단자가 생기는 것 아닌가 하고 불안하기도 했었다. 그러나 다행이 그의 부모도 남매를 기르면서 독자인 그를 자유롭게 성장시켰으며, 준형이도 젊은이들이 빠지기 쉬운 여러 가지 환경의 유혹과 시련에 넘어지지 아니하고 기독교적 신앙심을 유지하고 있는 것 같아 고맙게 생각한다. 준형이의 지난날은 과연 입지전적 생애라 하겠다. 그는 출세했고 성공한 젊은이의 표상이다. 그의 진솔한 체험기는 신앙고백서이며 이 땅의 많은 젊은이들에게 꼭 필요하고 유익한 성공담이다. 뜻 있는 곳에 길이 있다는 옛말도 있지만, 선하고 참되고 의로운 의지로 하느님께서 그의 앞길을 잘 인도해 주신다는 사실이 준형이의 젊은 시절을 통해 여실이 입증되었다. 그의 젊은 날의 자서전은, 꿈과 희망을 잃고 삶의 용기가 좌절된 많은 청년들에게 긍정적인 용기와 새 힘을 공급해 주리라 확신한다.

—저자의 할아버지 김형태 박사(연동교회 원로목사)

그를 처음 만났을 때, 그저 남부럽지 않은 환경에서 순탄하게 인생을 살아가는 엘리트 청년인 줄로만 알았습니다. 그런 그가 실은 큰 좌절과 역경을 딛고 일어나 오늘의 그가 되었고, 이제는 그 경험을 절망에 빠진 청소년들과 나누려 한다는 알게 되었을 때, 제 마음 속에는 큰 감동이 밀려왔습니다. 이 책을 읽는 당신도 그런 감동을 맛보고 저자와 함께 새로운 꿈과 희망을 품게 되시리라는 것을 믿어 의심치 않습니다.

—하준필(수원지방법원 성남지원 판사)

끊임없이 새로움을 찾으며 매일매일 성장해 나가는 그는 호기심 많은 아이다. 장애등급 판정을 받고도 철인3종경기를 끝끝내 해내는 그는 불굴의 소년이다. 죽을 뻔한 교통사고를 기적으로 구원받고 두려움 없이 자기 세상을 스스로 만들어 온 그는 한계를 모르는 청년이다. 생물학과 경제학 두 가지 전공을 바탕으로 자신을 철저히 통제하며 미디어서비스 분야를 논할 때는 무서운 전문가이다. 다이빙을 배우면서도 다른 사람의 생명을 구하겠다는 계획을 세우는 그는 남을 배려할 줄 아는 바른 어른이다. 술과 우정을 헛헛하게 얘기할 때는 인생의 맛을 아는 노인이다. 그는 매력 넘치면서도 깊이 있는 멋쟁이 철학자 김.준.형.이다.   —서향희(법무법인 새빛 대표변호사)

난 김준형이 누군지 잘 모른다. 오래 지켜보았지만 아직도 늘 그의 예측할 수 없는 새로운 모습에 놀란다. 김준형은 과연 누굴까? 그가 책을 한 권 썼다는 소식을 듣고, 오래전에 누군가에게 해 주었던 말이 기억난다. '책을 쓰는 것은 뼈를 깎는 고통이라고.' 그리고, 그가 그동안 내게 믿음직한 후배로서, 인간으로서 보여주었던 모습을 추억한다. '아마 준형이는 뼈를 깎아도 참을 수 있지.' 뼈를 깎는 고통을 마냥 두려워하는 젊은이들에게 이 책을 무작정 권한다.

—이재한(영화감독)

사람이 인생을 사는 데 여러 가지 경험을 통해 환경에 적응하며 도전하게 되는 것을 보게 된다. 책의 저자인 김준형은 방황하던 유년 시절을 거쳐, 지금의 반듯한 사회인이 되기까지 많은 시련과 좌절을 경험했다. 그리고 그 경험을 바탕으로 자신의 반성과 오히려 삶의 목표의식을 뚜렷하게 하여 본인 스스로 인생을 살아감에 있어 밑거름이 되게 만든 노력형 인간이다. 나는 앞으로 그의 진취적이고 열정적인 도전을 볼 것이며, 또 한 번 도약하는 모습을 지켜볼 것이다.
　　　　　　　　　　　　　　　　　　　　—방정오(조선에듀케이션 대표이사)

이 시대를 살아가면서 많은 사람들과 어울려서 같이 일도 하고 즐기고 술도 마시지만, 때로는 회사 동료로, 친구로, 동생으로 한 마디 하면 척 알아듣고 서로 마음 나눌 수 있고 통하는 사람 만나기가 쉽지 않다. 준형이는 한 잔의 술잔으로, 때로는 한 잔의 커피로 서로 마음을 나눌 수 있는 사랑스런 동생이다. 은은한 커피향처럼 언제든 슬그머니 곁을 지켜 주는…….
　　　　　　　　　　　　　　　　　　　　　　　—정준호(영화배우)

'김준형'이란 사람을 처음 보았을 때는 그저 놀기 좋아하는, 다 이뤄진 것을 물려받아 안일하게 생활하는 그런 부류인 줄 알았다. 허나 그의 밑바닥부터, 또한 50여 개국을 여행하며 끊임없이 도전했던 자신감에서 배어나온 것임을 알고 나서, 그야말로 이 시대의 나약한 젊은이들에게 몸소 실천하는 나침반이 되어줄 수 있다고 믿어 의심치 않게 되었다.
　　　　　　　　　　　　　　　　　　　　　　　—이다해(영화배우)

나는 과거의 청년이다. 요즘 청년들과 과거의 청년 사이에는 환경과 경험의 간극이 적지 않으므로 더러 당혹스러움을 느낀다. 각주구검(刻舟求劍)

이라고 했던가, 요즘 청년들에게서 지나간 가치를 찾고자 하는 것은 옳지 않다. 그렇다고 '너희들이 어떻게 하든 그건 너희들 맘'이라고 나 몰라라 할 수도 없다. 그래서 지금의 청년이 미래의 청년을 향해 적은 글에 과거의 청년이 '추천사'를 붙이는 것은 적절한 일이다. 이 책은 미래의 청년들이 좌표를 그리는 데 큰 도움을 줄 것으로 믿는다. 심지어 나 같은 과거의 청년도 새삼 새로운 도전을 꿈꾸게 하니 말이다.

—정일훈(중앙일보 jContentree 부장)

기성세대가 보기엔 그저 멋진 모습이 부럽기만 한 준형이의 인생역정을 듣고는 그저 놀랄 수밖에 없었다. 멋쟁이고 귀티 나는 곱상한 모습 뒤에 저런 열정과 노력이 있었다니, 이 책은 갈길 몰라 방황하는 오늘의 청소년들이 삶의 방향을 정하는 데에 큰 도움을 줄 것이다. —박재용(SBS PD)

사막이 두려운 건 오아시스가 없어서가 아니라 나침반이 없기 때문이리라. 글로벌 인재를 꿈꾸는 청년들에게 롤 모델은 나침반과 다름없다. 이 책을 읽는 순간 청춘들은 사막의 나침반과 김준형이라는 훌륭한 멘토를 얻게 될 것이다. —손종민(KT 개인고객부문 PAD상품 TFT 매니저)

어렵게 다시 책상 앞에 앉았다. 스물두 살 되던 2002년 겨울, 엄청난 고통과 시련을 안겨 준 교통사고를 겪고, 1년 간의 재활기간을 거치며 나는 새로운 인생을 시작했다. 재수, 삼수를 해도 대학에 입학하지 못한 나로서는 공부를 다시 한다는 것이 결코 쉽지 않았다. 하지만 교통사고가 아니었다면 지금의 나는 아마 없었을 것이다. 무작정 떠난 미국 보스턴의 유학 생활에서 흔한 토플 시험 한번 보지 않고 BU(보스턴 유니버시티, Boston University), BHCC(벙커힐 커뮤니티 컬리지, Bunker Hill Community College)를 거쳐, 매사추세츠 주립 대학(University of Massachusetts Amherst)에서 생물학과 경제학을 복수전공하고 3년 만에 최우등장학생 숨마쿰라우디(Summa Cum Laude)로 졸업했다. 그리고 현재 삼성전자 HQ의 미디어솔루션센터(Media Solution Center, MSC)의 일원으로 새로운 모바일 서비스 발굴 및 컨텐츠 소싱(content sourcing)의 역할을 맡고 있다. 하지만 이 모든 것은 우연이 아니었다. 무식할 만큼 앞만 보는 추진력과 끈기로 나는 밑에서 위로 올라가는 방법을 몸으로 터득했다. 그리고 이 소중한 경험과 방법을 나의 후배들과 많은 사람들에게 알리고 싶어서 이 책을 쓴다. 나는 이런 분들께 이 책을 권한다.

- 자신의 꿈을 찾고 싶은 학생.
- 대한민국 교육에 적응을 못해 공부를 포기하거나 희망을 잃어버린 학생.
- 금전적인 어려움으로 유학을 포기하거나 방법을 찾지 못하고 있는 학생.
- 본인의 능력에 확신이 서지 않고, 유학을 망설이며 시간을 지체하는 학생.
- 공부에 뜻이 없고, 희망이 없다고 좌절하려는 아이를 둔 부모.

　(주)iMBC의 '글로벌 창의적 인재 양성' 프로그램에서 '글로벌 창의적 인재상'이라는 강의를 하며 한 가지 알게 된 것이 있었다. 많은 학생들이 현실적인 유학 정보를 접할 기회가 없다는 것, 그리고 지금 힘들게 공부하고 경쟁하는 그런 열정과 패기가 유학 생활에 얼마나 도움이 되는지를 전혀 모르고 있다는 사실이었다. 그래서 나의 경험이 학생들의 답답함을 해소하는 데 조금이나마 도움이 될 수 있으리라는 생각에 나의 유학 성공 방법을 알리려 한다. 또한 유학은 금전적 여유가 있어야만 한다는 생각에 시도조차 하지 않는 학생이나 부모님들께, 경험 위주의 사례들을 소개함으로써 새로운 도전과 더 넓고 높은 꿈을 위해 정진할 수 있도록 도와주고 싶다.

　그리고 무엇보다 대한민국 교육에 적응하지 못해 많은 시간을 방황하다가, 내 인생 최대의 터닝 포인트인 교통사고로 인한 고통과 재활이 가져다 준 처절한 교훈들, 그리고 11개월에 걸친 세계 50여 개국의 여행으로부터 느낀 많은 소중한 경험들을 공유함으로써 이 책을 읽는 분들이 삶의 방향을 정하는 데 자그마한 방향키가 되기를 간절히 소망한다.

특히 내 인생의 전환점에서 끝까지 믿고 도와주신 아버지, 어머니, 할아버지, 누나, 그 외의 가족과 친구 모두, 매사추세츠주립대학교의 쿤켈(Kunkel) 주임교수, 서울식품 권태호 이사, 치과의사인 친구 김동호, 디자이너 김은애, 김환철 이사, 조선에듀케이션 방정오 대표이사, 금양인터내셔널 박원범 이사, 국회 서동익 정책비서관, 블루스타 이범수 대표, JYP엔터테인먼트 이우석 미국 부사장, 크레티움 캐피털 이준호 대표, 뉴욕의 이현수 변호사, (주)타임 임병수 대표, 삼표 정대현 상무님께 감사를 드린다.

*

또한 귀국 후 많은 힘과 격려를 아끼지 않으신 고려대학교 김우석 박사, 소셜라이트 에이전시 해리 김 대표, PRK 김혜영 팀장, 삼성전기 임우재 부사장, 삼성전자 김태근 그룹장, 브라이니클 안종오 대표, 효성 조현준 대표, 교보문고 성대훈 박사, 이재한 영화감독, 남해건설 김우석 상무, 키미데이터 이지우 대표, WPP 조나단 리 이사, 삼성전자 장영석 차장, 모건스탠리 피터 장 전무, 인트랜드 정윤기 대표, 중앙일보 정일훈 부장, 국민일보 조민재 대표, 수원법원 하준필 판사, 하얏트 호텔의 브라이언 해리스(Brian Harris) 전무, 싸이더스 정훈탁 대표, 가수이자 프로듀서 박진영, 빅뱅의 T.O.P. 최승현, 가수 서인영, 배우 정준호, 이병헌, 이다혜, 라자드아시아(Lazard Asia) 데이비드 팀블릭(David Timblick) 대표, 법무법인 새빛 서향희 대표변호사, 네모파트너스 임영규 부사장, 사진작가 이영석, 퍼블릭콘텐츠 김정욱 대표, iMBC 홍정미 팀장, 최미선 팀장께 이 책을 통하여 다시 한 번 감사 드리며, 더욱더 겸손한 마음으로 배우는 자세를 잃지 않고 '우직하게 끊임없이 노력하는' 사람이 되겠다고 약속드린다. 마지막으로 이 책의 구성과 집필을 자문해 준 CBS 안나영 작가와 부족한 원고를 출간해 준 이채 한혜경 대표께 감사를 드린다.

2012년 7월

김준형

| 목차 |

STEP 3 두 번째 인생

iMBC 글로벌 인재 양성을 위한 창의력 캠프에서 학생들과 만나다.

STEP 1

바보처럼, 끊임없이 노력하라

© 박경진

1. 올인원, 열정도 하나로

'올인원(all in one) 서비스.'

제목 한번 마음에 든다. 휴, 이번 기획안은 왠지 잘 풀릴 것 같은 예감이다. 벌써 새벽 3시, 오늘도 일찍 잠자리에 들기는 글렀다. 한 번 일을 시작하면 끝장을 봐야 성이 찬다.

'이번 기획안만 제대로 통과되면, 시리즈로 시장에 선보일 수 있을 텐데.'

얼마 전에 제안했던 모바일 보안 어플리케이션 기획안이 실패하자, 아쉬움이 커서 빠른 시일 안에 대안을 내놓고 싶었다.

스마트폰은 전화를 걸고 받고, 문자를 주고받는 단순한 휴대전화가 아니다. 스마트폰 안에는 나의 사무실과 안방까지 들어와 있다. 수많은 전화번호부, 스케줄 관리와 개인 사진 및 동영상 데이터는 기본, 각종 업무 관련 정보와 금융거래, 다양한 엔터테인먼트 기능까지 수행하는 한마디로 스마트폰은 생활 그 자체가 되어버렸다. 그래서 이 기기를 잃어버리기라도 하면 유저(user)는 예상치 못한 치명적인 손해를 입을 확률이 높다. 그것은 PC보다 스마트폰이 보안에 취약하기 때문이기도 하다.

그래서 스마트폰에 자물쇠를 걸어놓는다는 심정으로 만든 것이 '모바일 보안 어플리케이션(이후 '앱')' 기획안이었다. 스마트폰을 분실했을 때, 위치 추적을 가능하게 하고 원격으로 내장된 데이터를 삭제할 수 있으며, 화면 잠금 상태에서도 수신 가능하도록 하는 등의 기능을 가지고 있었는데, 팀 내에서 신중히 검토한 결과 '탁월한' 매력이 없다는 이유로 그만 폐기되고 말았다.

삼성전자의 외인부대

내가 속해 있는 미디어서비스센터(MSC)의 '미디어서비스그룹'은 삼성전자에서도 외인부대로 통하는 부서이다. 이곳은 촉수를 한껏 곤두세운 채 최전방에서 움직이는 레이더라고 표현해도 지나치지 않은 곳이다. 시시각각 변화하는 첨단 디지털 미디어 시대에 누구보다 민감하게 반응하며 전방위로 뛰는 사람들, 소비자들의 심리와 트렌디한 욕구를 읽어 내고, 한 발 앞서서 경쟁력 있는 컨텐츠를 만들어 내기 위해 분투하는 곳이 바로 여기다.

삼성전자의 스마트폰, 스마트TV, 태블릿PC 등 다양한 디바이스(devices)에 탑재될 서비스와 컨텐츠가 우리 팀에 의해 선택되고 만들어지고 처리되면서 제품의 질을 높인다. 다종다양한 컨텐츠와 앱이 기기에 따스한 생명을 불어넣고 기기를 인간과 좀 더 가깝게 만든다. 어떤 종류의 서비스와 컨텐츠를 입히느냐에 따라 디바이스의 가격과 질, 그리고 경쟁력이 좌우된다. 컨텐츠 발굴은 실로 금맥을 발견해 내는 일에 다름 아니다.

빛의 속도로 변화, 발전하는 시대에 엄청난 양의 컨텐츠를 수급해서 소비자들로 하여금 매력적으로 느낄 수 있게 표현해 내는 일이 내가 하루 종일 고민하는 일이다. 총 6백여 명의 미디어서비스그룹 내에 우리 팀원은 40명 정도이다.

어언 '컨텐츠 사냥꾼'이 된 지도 3년차가 되었다. 삼성전자의 컨텐츠 소싱 허브는 크게 리더스(readers) 허브, 뮤직 허브, 비디오 허브, 소셜 허브, 게임 허브 등 5개의 허브로 나뉜다. 초창기부터 내가 맡고 있는 부분은 리더스 허브와 뮤직 허브이다. 리더스 허브에는 도서, 잡지, 신문 등을 전자책으로, 뮤직 허브에서는 애플의 아이튠즈처럼 음원을 사고 선물하는 컨텐츠를 구축한다.

*

가끔 '모바일 보안 앱'처럼 야심차게 마련한 기획안이 실현되지 못할 때, 좌절을 맛보기도 한다. 하지만 이러한 좌절도 멋진 앱을 기획하기 위한 나의 직업적인 본능을 억누르지는 못한다.

"준형 씨, 어플리케이션이란 말야, 기획자가 유저에게 호의를 베풀 듯 던져 주는 그런 게 아니야. 유저의 눈으로 보란 말야. 만드는 사람이 아니라 직접 사용하는 사람의 입장에서 다시 한번 생각해봐."

팀원들과의 회의에서 역발상의 조언을 받고 나는 새롭게 접근하고자 한동안 골머리를 싸맸다. 잘나가는 앱은 뭐가 다를까? 사용자의 눈높이에 맞추라고? 사용자가 경험한 것에 친근하게 다가갈 수 있는 그런 앱이 필요하다고? 대체 뭘까?

그래, 앱은 기기에 생명을 부여하는 유기체이다. 그리고 스마트폰은 이전의 일반 휴대전화와도 다르고, 또 PC와도 다르다. 이 시대는 앱 기획자에게 좀 더 강력한 상상력과 광대한 사고력을 요구하고 있다. 스마트 플랫폼은 항상 몸에 지니기 때문에 유저들의 라이프스타일까지 포괄하는 더욱더 입체적이고 복합적이며 신중한 자세를 필요로 한다. 사고를 조금만 비틀어 보자. 내가 고심 끝에 내놓은 기획안이 다시는 사장되는 것을 원치 않았고, 세상에 나온 뒤에 많은 유저들로부터 재미있고 유용하게 사용되기를 원했다.

'아아, 앱이란 눈으로 보거나 손으로 만질 수 있는 게 아니다. 정말 답답하다.'

앱은 기획과 제작 과정 중에 확인을 할 수 없다. 심도 있는 토론을 통해 아이디어를 섬세하게 매만졌는지는 최종 산출물에서 드러난다. 첫 단추가 잘못 끼워진 서비스나 앱은 중간에 수정이 매우 어렵고, 결과적으로 상상을 초월하는 막대한 비용을 공중에 날릴 우려도 있다. 그렇기 때문에 기획과 그에 못지않은 오랜 준비 기간, 작업을 꾸준히 지원해 줄 수 있는 시스템, 그리고 담당자의 끈질긴 근성이 '앱의 성공'의 중요 요소이다. 어느 것 하나 소홀히 했다가는 귀중한 아이디어는 무용지물이 되고 만다.

'그래, 유저와 대화를 하는 거야. 나는 이제부터 유저이자 유저가 아니다. 어쩌면 유저가 원하는 것을 알게 될지도 모르겠다.'

모바일 어플리케이션, 올인원 시리즈

유저의 눈과 마음으로 수 개월간 각고의 노력을 한 끝에 탄생한 것이 '올인원 시리즈'이다. 말 그대로 하나의 보울(그릇)에 모든 것을 담아낸다는 의미의 강력한 어플리케이션이다. 예를 들어 '피트니스'라는 앱 안에는 운동법과 그것에 대한 강의 내용, 체중 조절, 건강 관련 뉴스, 헬스장 정보, 내 몸에 맞는 맞춤 관리 등 피트니스와 관련된 모든 서비스를 한방에 해결할 수 있도록 고안되어 있다. 유저가 무엇을 궁금해하고 무엇을 원하는지에 중심을 두고, 유저의 니즈(needs)를 충족시켜 줄 만한 콘텐츠를 추적해 나갔더니 꼬리에 꼬리를 물고 기획의 실타래가 술술 풀리기 시작했다. 원스톱 서비스가 가능해진 기획안은 다음의 세 가지이다.

올인원 골프(all in one Golf) 골프 뉴스, 동영상, 레슨, 부킹, 야디지북 (yardage book, 홀지도) 및 골프장 정보, 날씨를 한번에 제공한다.
올인원 바이블(all in one Bible) 성경, 찬송, 반주, 음원 낭독, 기도문, 오늘의 성경 등 기독교와 관련된 모든 콘텐츠를 담고 있다.
올인원 피트니스(all in one Fitness) 운동법 동영상, 강의, 체중 조절, 카디오 체크(cadio check, 심장맥박 체크), 뉴스, 헬스장 정보, 내 몸 상태 관리 등 피트니스에 관한 모든 콘텐츠를 하나의 앱에서 보여 준다.

올인원 기획안도 처음에는 팀 내에서의 반응이 밋밋했다.

"준형 씨가 좋아한다고, 너무 운동 쪽에만 집중되어 있는 느낌인데, 안 그래?"

"그것만이 아니야. 내용이 전문가 수준으로 복잡하고 방대해서 일반인들이 쉽게 다가갈 수 있을까? 앱이라면 많은 사람들이 즐겨 찾아야지, 사용하지 않을 앱이라면 차라리 만들지 않는 게 낫다고."

팀원들의 따가운 조언을 듣고 보니 다시 맥이 빠졌다.

'팀원들을 설득하지 못하면 시장에서도 승산이 없다. 이것부터 내가 넘어야 할 산이야.'

이 관문을 꼭 통과해 보이겠다는 오기가 생겼다. 나 역시 한 명의 유저이다. 소비자의 입장에서 수없이 시뮬레이션해 보고 각 앱마다 그 특성을 파악하기 위해 수많은 조사를 했던 것인데, 여기서 그냥 물러설 수는 없었다.

*

팀 내에서 나의 프로젝트를 다시 프레젠테이션하기 위해 준비하는 한편, 올인원 앱에 들어갈 기능들을 실제적으로 지원해 줄 회사들과 업무제휴를 하는 데에 힘을 쏟았다. 콘텐츠 프로바이더(contents provider)라고 불리는 CP들을 하나로 모으는 일은 생각보다 쉽지 않았다. 말단 사원인 내가 각 회사의 의사 결정권자들과 함께한 자리에서, 앱의 성격과 각사의 참여 통로 및 수익모델에 대한 것까지 설명하고 협조를 요청하여 결국 화합에 이르게 하기까지는 수많은 어려움이 따랐다.

올인원 골프 앱의 경우에는 골프조선, 에이스골프, SBS골프 등 6

개의 회사 담당자를 수없이 만나서 설명하고 적극적으로 참여해 주기를 호소했다. 무려 5개월간 끈질기게 미팅을 한 끝에 여섯 기업 간에 협업을 이끌어내는 데 성공했다. 그때의 기쁨은 이루 표현할 수 없을 정도로 컸다. 그림을 완성하거나 책을 한 권 만들어 내거나 혹은 아기를 낳는 정도의 고통이라고 표현한다면 어떨까?

일반적으로 하나의 어플리케이션이 기획되어 상용화되는 것은, 빠르면 석 달 반, 길게는 1년까지도 걸리는 어려운 작업이다. 그나마 올인원 서비스는 운이 좋은 편이었다. 제작 과정을 치밀하게 밟아간 지 다섯 달째 되던 때에, 주위의 우려와 걱정을 뒤로하고 삼성앱스토어 사상 최초로 올인원 어플리케이션이 탄생한 것이다. 기능이 복잡하고 전문적이어서 다가가기 힘들 수 있다는 단점을 보완하였고, 서비스 내용은 알차면서 깔끔하고 심플한 앱이 만들어졌다.

올인원 피트니스 앱

올인원 골프 앱

"준형 씨, 올인원 앱이 상위권을 기록하고 있어. 축하해!"

"그동안 잠도 안 자고 애쓴 보람이 있었네. 자네 근성은 알아줘야 한다니까."

운이 좋았던 탓인지, 내가 제안했던 올인원 앱 20개의 주제 중에 16개가 채택되었고 당시 모두 상위권에 랭크되는 기염을 토했다.

현재에도 올인원 앱은 계속해서 기획되고 서비스되고 있다. 단순한 앱에서 한 단계 진화하여 유저에게 꼭 필요한 고품질의 컨텐츠를 서비스하고 있어서 무엇보다 뿌듯하다. 한순간 재미와 흥미를 주고 시들해져서 유저들의 관심 밖으로 밀려나 버리는 앱이 얼마나 많은가! 하지만 올인원 시리즈는, 유저와 공급자를 모두 만족시키며 서비스를 유지하고 있다. 유저들의 관심이 높아짐에 따라 더욱더 풍부한 양질의 컨텐츠를 서비스할 수 있고, 덩달아 공급자는 그에 맞는 수익을 낼 수 있다.

'그래, 이렇게 하면 되는구나.'

팀원들의 애정 어린 조언과 역발상으로 인해 소기의 성과를 거두고 일하는 재미를 느끼게 되면서, 나는 확신을 가졌다. 나의 선택과 판단이 틀리지 않았다는 것을, 그리고 사람들은 나의 이야기를 듣고 싶어 한다는 것을. 올인원 시리즈를 통해 나는 내 열정을 유감없이 발휘할 자리를 찾았고 자신감으로 나를 충전할 수 있었다. 나는 나의 앱을 통해서 사람들에게 다가가고 있다. 이후 나는 스포츠와 종교, 엔터테인먼트와 관련해서, 다른 팀원들은 교육, 음악, 게임, 비디오 등의 전문 분야에서 최선을 다하고 있다.

2. 빅뱅, 세계무대에 우뚝 서다

싱가포르 포뮬러 원 그랑프리

"여긴 오케이! 준비 완료!"

세계 최고의 자동차 경주대회인 포뮬러 원(Fomula 1, 이후 F1) 전
야제 개막을 앞두고 현장에는 긴장감이 팽팽하다. 조명과 음향, 무대
위에서의 안무 동선을 점검하기 위해 스태프들의 움직임이 바쁘다.
마지막 리허설도 완벽하게 끝났다. 서로 오케이 사인을 주고받으며
총책임자의 오프닝 지시가 떨어지기만을 초조하게 기다리고 있다.

지금 내가 서 있는 곳은 싱가포르 남단의 마리나베이스트리트서킷
(Marina Bay Street Circuit)에 위치한 파당(Padang) 메인 스테이지,
그중에서도 무대 뒤이다. 마리나베이의 넓은 바다로부터 불어오는
서늘한 저녁바람이 땀방울을 식혀 준다. 야경이 환상적인 항구 주변
의 마리나베이에는 거대한 빌딩과 상업 지구가 형성되어 있다. 바로
이 도심도로에서 '싱가포르 그랑프리'가 열리는 것이다.

'싱가포르스트리트서킷'이라고도 불리는 길이 5.067km의 서킷. 이 서킷에는 코너가 23개 있으며, 이번 대회에서는 서킷을 61회 돌아서 총 309.087km를 달리게 된다고 한다. 유럽, 아시아, 북남미, 호주 등 전 세계를 투어하는 초대형 모터스포츠 이벤트인 F1은, 해마다 시대를 앞서가는 최첨단 기술과 연간 관람객 4백만 명, 188개국 6억 명의 시청자, 기업 후원 약 4조 원의 흥행성을 담보로 열린다. 월드컵, 올림픽과 더불어 명실상부한 세계 3대 인기 스포츠 대회로 자리한 F1은 대체로 그 나라에서 열리는 가장 큰 공연 중의 하나이다.

경쟁보다는 축제의 성향이 짙기에, 전야제의 메인 축하무대에는 세계 각국의 최고 실력과 아티스트들이 서게 된다. 금, 토, 일요일 사흘에 걸쳐 진행되는 경기의 관람객 수는 대략 수만 명에 이르고, 메인 공연의 무대는 2~3만 명을 수용할 수 있는 큰 공원을 중앙에 두고 꾸며진다. 기업 스폰서 또한 헤아릴 수 없이 많다. 조니워커, 시바스리갈, 멈, 말보로, 필립모리스, 미쉘린, 기타 모바일 회사 등 글로

싱가포르 F1 경기 전야제 그랑프리의 밤. 지금도 그 함성이 들리는 듯하다.

벌 기업들이 대부분 메인 스폰서로 들어와 있다.

전야제 백스테이지에 내가 어떻게 스태프로 참가하게 된 것일까? 지난 몇 달 동안의 일을 생각하니, 이 서킷의 코너만큼은 아니어도 나 역시 몇 개의 코너를 돌아왔다는 생각이 든다.

*

무대 너머로 보이는 스탠딩 관람석은 당대 최고의 K팝 스타들을 보기 위해 세계 각국의 사람들로 인산인해를 이뤘다. 곧 밤 10시 정각이 되면 F1 전야제가 시작될 것이다. 세 시간 전부터 전야제가 열리기를 기다리면서 함성이 하늘을 찔렀고, 관중은 흥분과 감격으로 들끓었다. 축제는 이미 시작된 것이다. 심장이 쿵쿵거렸다.

불과 몇 달 전까지만 해도 내가 오늘 이 자리에 있으리라고는 상상도 하지 못했다. 예전부터 싱가포르를 좋아해서 여행이나 출장차 자주 오긴 했지만, 엔터테인먼트 비즈니스의 실무자로서 세계적인 무대를 함께 꾸미게 될 줄 누가 알았으랴. 세계적인 무대에 나의 작은

싱가포르 F1 경기 주경기장. 광속으로 달리는 멋진 경주차들.

힘이라도 보탤 수 있었던 것은 아주 사소한 인연으로부터였다.

나의 친구 아론과 아모스 분

2011년 봄, 친구들과 어울려 싱가포르로 여행을 갔다. 오랜만에 싱가포르 친구 아론(Aron)를 만나 이런저런 이야기를 나누는 자리에서, 자신의 친구라며 아론이 미키(Mikey)와 아모스 분(Amos Boon)을 소개시켜 주었다. 그때 처음 만난 사이였지만 우리는 즐거운 시간을 보냈다. 그 후 얼마 지나지 않은 어느 여름날, 아모스로부터 한 통의 메일이 도착했다.

Hey, Jay,

How have you been? Is everything ok with you there?

We were very impressed last time when you showed us your kindness.

We would like to invite you a wedding of Aron, you met before.

Please join us for the wedding and special trip to Monaco.

We will cover all the expenses for you including all flights.

Looking forward to hearing from you.

Best regards,

Amos

내용인즉, 내가 싱가포르에서 보여 준 호의에 보답하는 의미로 한국과 싱가포르, 모나코 등지를 경유하는 2주간의 모든 여행경비를 부담할 테니 함께 여행을 하자는 것이었다. 비행기표와 오성호텔 숙박비, 식사비, 리무진 등 기타 경비까지 모두 포함하면 1인당 약 3천만 원의 거액이 소요되는 여행 일정을 함께하자니, 뜻밖의 제안에 나는 어리둥절했다.

'이렇게 큰돈을 들여가며 나를 초대하는 이유가 대체 뭘까?'

나는 싱가포르의 아론에게 연락을 해 볼까 하다가, 좋은 관계를 맺고 싶다는 뜻으로 받아들이고 바로 긍정적인 답변을 보냈다.

얼마 지나지 않아 미키, 아모스 일행과 함께 싱가포르와 모나코를 오가는 환상적인 시간을 보낼 수 있었다. 여행을 가는 곳마다 아모스의 현지 친구들로부터 융숭한 대접을 받았다. 새로운 친구들과 좋은 추억을 마련한 뜻 깊은 여행이었다. 아쉽게도 아론은 결혼식 준비로 모나코로 함께 떠나지는 못했다. 여행 기간 중에 치러진 아론의 결혼식은 중국식으로 성대하게 치러졌다. 우리나라는 결혼식 참석 후 하객들이 집으로 돌아가기에 바쁜데, 이들은 오랜 시간을 축하하며 축제와 같은 밤을 보냈다. 이때 만난 친구들과 페이스북을 통하여 지속적으로 연락을 주고받았는데, 이들은 언제 어디를 가든지 현지에서 나를 반겨 준다.

이번 여행에 대한 답례로 나 역시 미키와 아모스가 한국을 방문했을 때 에스코트를 했다. 함께 시간을 보내며 관계가 가까워질수록 이 두 사람에 대해서 궁금해지기 시작했다.

두 번째 여행을 함께하다 보니 한국에서는 더 많은 이야기를 나눌 수 있었다. YG엔터테인먼트 쪽에 아모스의 회사 소개서를 전달해 줄 기회가 있었는데, 알고 보니 아모스 분은 론치 그룹(Launch Group)의 CEO로, 싱가포르 엔터테인먼트 계의 거물이었다. 주로 아시아에서 열리는 대규모 공연과 행사를 주관하고, 북미나 유럽 등지의 아티스트들을 아시아의 아티스트들과 함께 작업할 수 있게끔 비즈니스를 했다.

그런 그가 한국에서 함께한 저녁식사 자리에서 뜻밖의 제안을 해왔다.

"올가을에 싱가포르에서 F1 경기가 열리는데, 오프닝격인 전야제 무대 아티스트 섭외를 내가 맡게 됐어. 아시아를 대표하는 큰 무대인 만큼 내 생각엔 한국 아티스트들이 무대에 서는 게 좋을 것 같은데, 제이(Jay, 나의 영어 이름)의 생각은 어때?"

싱가포르에서 열린 F1 오프닝 무대에 한국 아티스트가 선다고? F1 메인 무대라고 하면 그 나라에서 개최되는 공연 중에서 가장 큰 규모라고 해도 과언이 아니다. 특히 F1이 스포츠 경기라고는 하지만, 전 세계인이 함께하는 축제의 성격이 강하기 때문에 메인 공연의 무대에 서는 아티스트를 정하는 문제는 매우 중요하다. 그 무대에 올라가는 아티스트에게도 큰 영광이 아닐 수 없다. 세계가 공인하는 가수라는 것을 입증하는 셈이기 때문이다.

"한국 아티스트요? 아모스가 생각해 본 아티스트는 있습니까?"

"흠, 글쎄. 한국의 아티스트야 제이가 더 잘 알겠지. 어때, 날 도와서 함께 섭외해 보는 건? 너의 도움이 필요해."

내가? 과연? 그런 국제적인 행사 섭외를 할 수 있을까? 무엇이든

"No!", "안 돼, 못해"는 말하지 않는 성격이지만, 이때만큼은 선뜻 "Yes, I can"을 외치지 못했다. 엔터테인먼트 산업에 종사하는 사람일지라도 이렇듯 큰 규모의 행사에 선뜻 "좋아"라고 답변할 수 있을까? 대답을 망설이는데 불쑥 미국에 있는 해리 김(Harry Kim)이 떠올랐다.

미국에 유학 중일 때부터 친동생처럼 아끼던 후배인 해리는, 지금 뉴욕에서 엔터테인먼트 관련 업무를 하고 있다. 해리는 음악적, 엔터테인먼트적인 감각을 천성적으로 타고난 무한한 가능성을 지닌 친구였다. 그가 10년간 갈고 닦은 노하우라면 내게 큰 도움을 줄 수 있을 것 같았다.

"좋습니다! 해 볼게요. 잘 부탁드립니다!"

*

아모스로부터 제안을 받은 뒤 나는 당장 해리에게 전화를 걸었다.

"해리야, 오랫동안 활동해 온 전문가들도 많고 내로라하는 한류 기획사들도 있는데, 왜 하필 나에게 의뢰를 한 걸까?"

"물론 그렇지, 형. 한국에는 많은 기획사들이 있어. 대다수의 기획사들은 영어, 일어, 중국어도 가능한 인력들을 보유하고 있지. 인력의 한쪽은 콘서트 의뢰 건을 처리하고, 나머지 인력은 프로듀싱을 하거나 회사의 운영을 맡게 될 거야. 국내 3대 기획사인 SM, JYP, YG의 인력을 보더라도 마찬가지야. 하지만 에이전트라고 해서 전 세계의 모든 정보를 알 수는 없어. 현대는 정보 전쟁의 시대야. 누가 확실한 정보를 먼저 얻는지, 그걸 현실화해 내는 사람이 승자가 되는 거야. 그래서 소위 '브리지'라고 하는, 다리를 놓아 줄 사람이 필요한 거지. 그런데 엄청 형이 마음에 들었나 보다. 잘해 봐. 내가 옆에서 많이 거들게."

해리의 설명을 듣고 보니 그럴 듯했다. 그러면 나는 지금부터 일종의 '브리지'가 되어야 하는 것이다.

빅뱅 T.O.P. 승현이와의 만남

그때부터 아모스와 나는 행사 주최자인 미스터 옹(Ong)에게 한국 아티스트들에 관한 정보를 제공하기 시작했다. 어떤 가수가 세계적인 무대에 아시아를 대표해서 설 수 있을지 면밀히 분석했다. 각 그룹의 해외 활동기록과 동영상, 신문 기사, 음악성 등을 샅샅이 살펴본 결과, 후보가 세 그룹으로 압축되었다. 그중에는 승현이가 속해 있는 '빅뱅'도 들어 있었다. 사실 난 아모스가 섭외를 도와 달라고 부탁했을 때부터 머릿속에 승현이가 떠올랐다. 본명 최승현, 빅뱅의 멤버 T.O.P..

2년 전 일본에서 할로윈 행사 때 해리와 함께 YG엔터테인먼트 재팬 CEO인 겐 사사키(Gen Sasaki)를 만난 적이 있었는데, 마침 그 자리에는 일본을 방문 중인 그룹 빅뱅의 멤버들도 참석해 있었다. 난 첫눈에 남자답고 카리스마 넘치는 승현이에게 호감이 갔다. 처음 만난 자리에서 승현이와 많은 이야기를 나눌 수 있었다.

"한국을 빛내 주어 감사합니다."

내가 승현이에게 처음으로 건넨 말이다.

승현이는 나보다 나이는 어리지만 생각이 깊고 마음이 따뜻한 친구였다.

"제가 하고 싶은 일, 할 수 있는 일에 최선을 다해 왔고, 앞으로도 계속해서 노력하여 좋은 음악을 선보이고 싶습니다."

그의 겸손한 태도가 더욱 마음에 들었다. 음악에 대한 열정 하나만큼은 그 누구에게도 뒤지지 않는 저돌적인 아티스트, 진지함과 당당함을 모두 갖춘 청년, 그것이 승현이의 이미지였다. 한국에 돌아와서도 자연스럽게 만나고 함께 식사하면서 더욱 가까워졌고, 이제는 크리스마스 때 몇몇 지인들과 조촐한 모임을 가지고 스스럼없이 이야기를 나눌 정도로 친한 사이가 되었다.

*

YG엔터테인먼트 측에 싱가포르 F1 메인 무대에 대한 제안 건은 해리가 맡아서 진행했다. YG엔터테인먼트의 반응은 뜨거웠다. 이런 뜻 깊은 행사에 참여할 수 있다는 사실만으로도 매우 흥분되고 기분이 좋다며, 최선의 노력을 다할 것이라는 말을 전해 왔다. 첫 출발부터 좋은 징조였다.

그룹 빅뱅은, 리더이자 랩과 보컬을 맡고 있는 G-드래곤, 메인 보컬인 태양, 랩과 보컬 담당 T.O.P., 그리고 보컬을 맡고 있는 대성과 승리로 이루어진 대한민국 아이돌 그룹이다. 빅뱅의 탄생으로 인해 '아이돌'에 대한 해석이 한 차원 격상되었다고 판단한다. 아이돌 가수와 음악성과는 연결시키기 어렵다고 생각했던 게 통념이었기 때문이다.

하지만 빅뱅의 등장은 한국 가요계의 이러한 선입견을 뒤집어 놓왔다. 힙합, 알앤비, 일렉트로니카 등 여러 장르에 대한 음악적 이해를 두루 갖추었고, 그룹 멤버들이 작사와 작곡, 프로듀싱을 스스로 해결해 냈으며, 그 결과 '진화한 아이돌'로서의 가능성을 명명백백히 증명했기 때문이다. 현재 전 세계 한류 팬클럽 중 가장 많은 팬을 보유하고 있는 아티스트도 그룹 빅뱅이다. 명실상부하게 K팝을 선도하는 최고의 그룹이라고 해도 손색이 없을 것이다.

*

이제 후보 그룹이 셋으로 압축되자, 해리와 나는 본격적으로 세 후보 그룹을 제대로 알리기 위한 작업을 시작했다. 싱가포르에 있는 F1 관계자들에게 우선 유튜브를 통해 한국 가수들의 콘서트 실황과 뮤직비디오 등을 보여 주는 한편, 아모스와 함께 싱가포르의 미스터 옹 사무실을 방문하여 그들이 각기 갖고 있는 음악적인 개성과 열정을 프레젠테이션했다. 또한 YG엔터테인먼트 쪽에서도 해리 김과 함께 아티스트에 대한 전격적인 홍보에 나섰다. 빅뱅 멤버 각자의 영상 편지와 인터뷰를 보여 준 탓일까, 빅뱅이 누구인지도 몰랐던 싱가포르 담당자들은 끼가 넘치는 다섯 청년들의 열정에 결국 팬이 되고 말았다.

빅뱅을 비롯하여 원더걸스, 소녀시대, 2NE1, 2PM 등의 뮤직비디오가 유튜브를 통해 전 세계에 소개되면서 우리나라의 '신(新)한류'가 새로운 한류문화를 이끌고 있다. 문화체육관광부 해외문화홍보원 자료에 의하면, 지난해 SM엔터테인먼트와 JYP엔터테인먼트, YG엔터테인먼트 등 세 회사에 소속된 가수들의 영상 조회 수는 무려 7억 9천여 건에 달한다고 한다. 이런 신한류의 흐름은 일본과 동남아시아를 넘어 미국, 유럽 등 전 세계로 확대일로에 있다. 특히 빅뱅의 미니 4집은 출시되자마자 미국과 캐나다, 뉴질랜드, 호주, 핀란드 등의 모바일 뮤직스토어에서 톱 10에 진입하기도 했다.

*

싱가포르를 오가며 여러 번 프레젠테이션을 한 지 석 달째, 드디어 2011 싱가포르 F1 오프닝 무대의 아티스트로 빅뱅이 최종 선정되었다. 그간 빅뱅 소속사인 YG엔터테인먼트와 싱가포르의 책임자인 미스터 옹 사이에서 양쪽의 요구와 까다로운 질문들을 중간에서 해결하고 조율하느라 진땀을 흘렸다. 개런티와 항공편, 스케줄 조정, 기타 법적 절차 등을 조정하느라 주고받은 메일이 100여 통에 달했다.

'잘됐어, 빅뱅이라면 어떠한 무대라도 문제없지.'

최종적으로 계약서에 도장을 찍자 기분이 날아갈 것 같았다. 개런티도 무사히 전달되었다. 엔터테인먼트 비즈니스 분야에서의 첫 임무가 방금 끝났다.

가슴 뛰는 그랑프리의 밤

2011년 9월 23일 밤 10시, 드디어 싱가포르 파당 메인 스테이지에서 F1 그랑프리가 개막되었다. 국제적인 F1 무대에 한국 아티스트가 서는 건 처음이라던데, 내 가슴이 떨리기 시작했다.

빅뱅은 한치의 실수가 없도록 리허설에 또 리허설을 하고, 그것도 모자라 무대에 서기 전까지도 안무와 노래 연습으로 많은 땀을 흘렸다. 의상과 메이크업은 전속 스태프의 몫이라 땀으로 범벅이 된 빅뱅을 재차 가다듬어 주는 한편 긴장감을 덜어 주기 위해 애를 썼다. 그리고 행여나 무대장치나 프로그램에 차질이 없도록 행사운영팀과의 의사소통에도 만전을 기했다. 빅뱅의 무대가 끝날 때까지 나는 마음을 졸이며 백스테이지를 떠날 수 없었다.

빅뱅은 남미 콜롬비아 출신의 세계적인 팝스타 샤키라(Shakira), 그룹 매시브 어택(Massive Attack), 전형적인 하이브리드 록을 구사하는 린킨 파크(Linkin Park), 레게 풍의 섀기(Shaggy) 등의 스타들과 당당히 어깨를 나란히 하며 좌중을 휘어잡았다. T.O.P.과 G-드래곤, 승리가 차례로 혹은 함께 무대에 올라 50분 동안 모두 7곡의 노래를 불렀다. 강렬하고 독특한 의상과 무대장치와 조명은 완벽 그 자체였다. 솔로 트랙인 'VVIP'와 대표 힙합곡인 'How Gee' 등을 선보이자 F1 무대는 순식간에 빅뱅의 독무대로 변해 버렸다. 점점 더 달아오른 관중들은 커다란 환호성을 아끼지 않았다. 빅뱅은 K팝의 저력을 유감없이 보여 주었다.

전 세계적인 모터스포츠 제전인 F1 그랑프리의 현장에 혜성처럼 등장하여 사상 최초로 한국의 대중예술을 소개했다는 점에서 빅뱅의 무대는 하나의 사건이었다. 아티스트의 영광을 넘어 대한민국의 컨텐츠 가치를 높여 주었고, 한국의 문화를 널리 알릴 수 있는 기회였다. 내가 이러한 세계적인 무대의 섭외 협력자 역할을 할 수 있었던 것은 개인적으로도 크나큰 영광이었다. 전 세계인들이 주목하는 세계적인 축제에 선 대한민국의 K팝 아티스트 빅뱅, 그들이 매우 자랑스럽다.

싱가포르 F1 경기장에서.
오른쪽부터 국내 정상급 DJ인 DJ 머프(DJ Murf)와 DJ 브랜든(DJ Brandon), 해리 김과 나.

이때의 성과와 신뢰 때문인지, 2012년 싱가포르 F1 경기의 오프닝 콘서트에 서게 될 아티스트의 섭외도 의뢰를 받은 상태이다.

＊

빅뱅의 '브리지' 사건은 내게 큰 교훈을 안겨 주었다. 앞에서도 밝혔듯이 내가 맡은 본래의 업무는 '컨텐츠 사냥'이다. 매력적인 컨텐츠를 확보하기 위해 백방으로 뛰어다니는 일이 나의 일이다. 그런데

〈위〉 싱가포르 F1 VIP 부스 모습. VIP 출입증과 갈라 디너장이 보인다.
〈아래〉 싱가포르 F1 경기 전야제 무대 뒤의 리허설 장면.

컨텐츠의 확보란 단순히 돈을 주고 사오는 것은 아니다. 서로 유기적인 관계가 형성되고 나서야 마음을 열고 서로 시너지 효과를 낼 수 있는 컨텐츠를 제작, 유통할 수 있게 된다는 것을 배웠다. 단 한 번의 공연에도 감독과 기획팀, 아티스트, 조명, 유통, 홍보, 그리고 관객까지 한마음으로 에너지를 쏟을 때, 그때서야 하나의 컨텐츠가 제빛을 발휘하게 된다는 것을 말이다. 여러 관계사의 담당자들과 쌓은 돈독한 관계가 내가 이루고자 하는 프로젝트의 밑바탕이 된다고 믿기에, 당장 이익으로 연결되지 않더라도 모든 일에 최선을 다해 도우려고 한다.

3. 무에서 유를 창조하다

해외 스타 뮤지션과의 작업

사실 빅뱅의 싱가포르 진출 사건이 있기 전에 이런 대화를 한 적이
있었다.

"우리나라 아티스트들은 왜 해외 유명 뮤지션들과 함께 작업할 기
회가 많지 않을까?"

JYP엔터테인먼트 기획프로듀서이자 부사장인 이우석 형과 저녁을
먹다가 우연히 이런 이야기가 튀어나왔다.

*

우석 형은 내가 미국 유학 중일 때 룸메이트의 소개로 알게 되었
다. 그때 나는 평범한 유학생이었기 때문에 JYP엔터테인먼트 미국
사업총책임자인 형을 만날 수 있다는 사실만으로도 무척 가슴이 설
레고 흥분되었다. 첫 만남의 어색함 때문에 어려워하던 나를, 형은
따뜻한 시선으로 살갑게 대해 주었다. 그 후로 나는 형이 이사하는

것을 거들기도 하고, 월드스타 '비'의 뉴욕 콘서트 때에도 이모저모 도우면서 그저 작은 힘이나마 보탤 수 있다는 것을 기쁘게 생각했다. 그렇게 친분을 쌓아 가면서 우석 형은 나의 일에 관심을 가지고 조언과 위로를 아끼지 않았고, 귀국 후 직장생활을 하면서도 호형호제하며 친하게 지냈다. 아마도 나는 이때 우석 형 옆에서 사람들과 관계 맺는 방법을 배웠던 것 같다. 어떤 욕심이 없이 타인을 도와주면 상대방 역시 그 선의를 느끼고, 또 언젠가는 나에게도 그 도움의 손길을 되돌려준다는 사실을 말이다.

*

앞으로 벌어지게 될 일들의 시작은 이런 단순한 의문에서 출발했다. 우리나라의 음악 시장은 놀랍게 성장하고 있는데도 실력 있고 스

칸영화제 시상식 출입구. 영화제 관계자인
미국 유학 시절의 대학 친구가 초청해 주었다.

타성 있는 가수들이 해외 유명 스타들과 함께 공연하거나 곡을 만드는 일은 드물었다. 이것을 늘 안타까워했던 형은 세계적으로 한국 음악의 위상을 높이고 음악성을 알리려면 더 큰 무대와 기회가 필요하다고 생각했다.

그래서 형은 우선 JYP엔터테인먼트에 소속되어 있는 대표적인 아이돌그룹 '원더걸스'를 선봉에 세워 한국 음악에 대한 이해가 전무하다시피 했던 미국 시장에 과감히 도전장을 내밀었다. 그런데 그 성과는 매우 놀라웠다. 원더걸스의 대표곡 '노바디'는 2009년 10월 미국 빌보드 '핫100' 차트에서 76위에까지 오르는 기염을 토했다. 얼마 전부터 빌보드 차트에 K-POP 부문이 따로 만들어졌다니 세상의 일은 경이로움으로 가득하다.

뉴욕에서 황보 씨 화보 촬영 때
가수 심태윤 씨와 함께.

삼성전자 뮤직&서비스 파트의 출범

"우리나라 가수가 해외 스타 뮤지션과 함께 작업할 수 있는 기회가 있다면, 여기에 '삼성전자'가 중간다리 역할을 해 보면 어떨까요?"

우석 형과의 대화에서 실마리를 잡았던 이야기를 나는 그룹장과 의논해 보았다. 그룹장은 긍정적인 답변을 주었다.

'좋아, 되든 안 되든 한번 부딪쳐 보자.'

프로젝트를 어떻게 구체화할지 골똘히 생각해 보았다.

아이돌그룹 원더걸스와 팝의 본고장인 미국의 뮤지션이 함께 원더걸스의 신곡을 부른다. 그리고 원더걸스의 타이틀로 소개된 노래와 뮤직비디오를 삼성전자의 TV와 모바일 디바이스 등에 이용하는 것은 어떨까? 삼성전자는 새로운 문화 아이콘으로 떠오르고 있는 한류와 K팝, 그 중심에 서 있는 아이돌그룹과 조우하고, JYP엔터테인먼트는 글로벌 기업의 지원과 협업을 통해 글로벌 무대에의 유리한 진입을 꾀한다.

JYP엔터테인먼트와 우리 팀은 2012년 2월에 신곡 발표를 목표로 준비에 들어갔다. 미국 시장을 겨냥한 원더걸스의 새 앨범의 타이틀 곡은 '라이크 머니(Like Money)'로 결정되었다. 타이틀곡의 컨셉트가 미국 팝가수인 에이콘(Akon)과 잘 맞을 것 같았다. 에이콘은 아메리칸 뮤직어워드에서 남자가수상을 수상한 바 있는 재원이었다. 에이콘과의 협업은 평소 친분이 돈독한 JYP엔터테인먼트의 이우석 부사장이 맡았다. 그리하여 원더걸스가 지난 3년간 야심차게 준비한 새 앨범이, 삼성전자의 주력 상품 론칭과 시기를 같이하여 발표될 예정이었다. 제작된 뮤직비디오와 음원은 느낌이 아주 좋았다. 삼성전자의 단말뿐 아니라 갤럭시 빔 등의 홍보 영상에도 '라이크 머니'가 사용될 예정이었다.

원더걸스의 곡과 삼성전자의 제품이 어우러져, 서로의 이미지와 인지도가 상승할 것을 기대했다. 나는 원더걸스와의 작업 덕분에 우리 회사의 제품이 좀 더 신선하고 세련된 이미지로 업그레이드되리라는 것에 매우 흥분했다. 뮤직비디오 및 음원 사용권에 대한 비용을 삼성전자에서 부담하고, 모든 마케팅 일정과 추후 협의사항 등을 함께 의논해 가기로 결정했다.

처음에는 누구나 불가능하다고 엄두조차 내지 않았던 일이었는데,

세계 최대의 이동통신산업 전시회인 모바일 월드 콩그레스[(Mobile World Congress(MWC)], 2011년 스페인 바르셀로나에서 삼성전자 직원들과 함께.

결국 이루어졌다. 이번 일을 계기로, 나는 삼성전자에서 '뮤직&서비스 파트(Music & Service Part)'라는 새로운 부서의 핵심 일원으로 일하게 되었다. 삼성전자와 한국 최고의 아티스트, 그리고 해외의 유능한 아티스트와의 삼자 협업 프로젝트가 정착되었다. 차기에 합류하게 될 세계적인 아티스트들이 물망에 오르내리고 있다.

〈위〉 스페인 MWC에서 이호수 센터장과 함께. 〈아래〉 스페인 MWC에서 동료들과 함께.

물론 이러한 협업의 선례가 없었던 것은 아니다. 2011년에는 영화 '타이타닉'의 전 세계 흥행 기록을 갈아치울 만큼 대단한 성과를 거둔 3D 영화 '아바타'의 제작팀과도 함께 작업을 하기로 했었다. 그때는 아바타 제작팀이 SM엔터테인먼트 소속 가수들의 뮤직비디오와 콘서트를 3D로 촬영하고, 이 컨텐츠를 삼성전자가 3D TV의 마케팅에 활용하기로 계약했던 것이다.

＊

앞으로는 이처럼 다양한 인프라를 활용한 융합컨텐츠가 더 많아질 전망이다. 학문 간에도 경계가 무너지고 '통섭'이 이루어지고 있듯이, 산업 부문에서는 그러한 융합이 활발하게 실현되고 있는 것이다. 나를 둘러싼 물적 자원과 인적 자원이 융화하여 창조적인 에너지가 발화하는 장면을 직접 목격하면서 가슴이 뿌듯해 왔다.

세상은 보이지 않는 선으로 유기적으로 연결돼 있고, 그것을 어떻게 잡아내어 매듭을 짓고 풀어내느냐가 비즈니스의 성공 열쇠라고 생각한다. 누구의 장점과 능력을 어느 시점에 끌어들여 이어갈 것인가, 누구와 함께 협력해 나갈 것인가? 각각의 꼭짓점들을 면밀히 이어 불꽃을 당겨 내는 그 지점에 지금 우리가 서 있다.

'K-POP Hub'가 되다

엔터테인먼트와 관련하여 일을 하는 사람은 두 부류로 나뉘는 것 같다. 비즈니스 마인드를 중시해서 아티스트를 이용하는 부류와, 다른 하나는 예술을 사랑하고 아티스트를 보호하려는 부류. 난 스스로를 절대적으로 후자라고 생각한다. 또 그래야 한다고 생각한다. 돈과 사업적인 측면만을 추구하면 진정한 협력이 실현될 수 없다. 서로 뜻을 공유하고 같은 방향을 보고 설 때, 주위의 사람들과 함께 발전할 수 있고 더 깊은 신뢰를 쌓을 수 있다. 유명 연예인들과 친해지는 일은 쉽다. 그러나 유명 연예인들을 아티스트로서 대우하고, 서로 프로젝트를 공유하여 발전하는 관계로 나아가기는 어렵다. 나에게 연예인은 친해지는 대상이 아니라 서로 윈윈하고 공유하는 관계이다.

아마도 나의 이런 생각을 그룹장이 잘 이해했던 모양이다. 한 차원 더 깊은 서비스를 제공하기 위한 중요 임무가 2012년 나에게 맡겨졌다. 'K-POP Service: 한류 서비스'가 내가 새로 맡게 된 일이다. 이것은 우리 대한민국만이 할 수 있는 유일하고도 중요한 마케팅 전략이다. 나에 대한 그룹의 배려에 감사한다.

'K-POP Hub'는 삼성전자와 SM엔터테인먼트, JYP엔터테인먼트, NHN, 야후코리아, 10Asia news사가 연합하여 만든 새로운 한류 정보 및 컨텐츠 제공 서비스이다. 한류 스타들의 뉴스와 동영상, 사진, 공연 정보 등을 실시간으로 업데이트하여 제공하고, 팬들과의 SNS 교류, 음원 다운로드까지 가능케 할 글로벌 서비스이다. 국내 레이블사들이 삼성전자와 협업하여 플랫폼을 구성하고 불법 다운로드를 차단하는 데 앞장설 뿐 아니라, 보유한 양질의 컨텐츠를 사용자들에서 무상으로 공급해 주고 있다. 삼성전자의 단말을 구매하는 모든 고객들은 이 서비스를 이용할 수 있으며, 또한 삼성전자의 앱스토어를 통하여 무료로 손쉽게 다운받아 사용할 수 있다.

'K-POP Hub'는 삼성전자의 가장 핵심적인 서비스로 기획, 운영
되고 있으며, 점점 그 중요도가 높아지고 있다. 더구나 이는 삼성전
자 디바이스의 경쟁력을 높이는 데 일조하게 될 야심찬 프로젝트이
다. 날로 성숙해져 가는 한류 문화와 그 열풍은, 삼성전자의 입장에
서 애플의 아성에 맞서 싸울 수 있는 소중한 기반이다. 또한 전 세계
에 우리나라의 고유한 문화를 알리고 위상을 높이는 최적의 컨텐츠
이다. 앞으로 이 중요한 일을 어떻게 발전시켜 나가야 할 것인가가
올해 내 최대의 목표이다. K팝을 어떻게 받아들이고 가꾸느냐가 앞
으로 우리나라 문화 산업에 중요한 모티브가 될 것이다.

4. 널 만나면 기분이 좋아

즐거운 나의 일상

나의 하루는 오전 6시에 시작된다. 아침 일찍 회사에 출근해서 샐러드로 요기를 한다. 저녁에는 거의 매일 약속이 있기 때문에 운동은 주로 점심시간을 이용한다. 점심식사는 회사 식당에서 테이크아웃으로 해결한다. 역시 주 메뉴는 샐러드이다. 저지방우유와 계란 흰자, 닭가슴살을 곁들이기도 하고 간간히 시리얼바를 먹기도 한다.

대부분의 업무시간에는 휴대폰, e-리더, TV, e-book 단말에 들어가는 새로운 컨텐츠를 기획하고 이미 출시돼 있는 디바이스에 탑재된 서비스들을 유지, 보수하는 일을 한다. 론칭 중인 앱들을 지속적으로 업데이트하고 새로운 항목을 더하여 풍부한 컨텐츠를 서비스하는 데 최선을 다한다.

매일 아침 회사 메일에 로그인하기 전에 10분 동안은 조선닷컴에서 빠르고 신속하게 국내 뉴스의 헤드라인을 읽어 내린다. 그리고

CNN, AP통신을 통해 각각 15분간씩 국제 뉴스를 점검한다. 이어서 사내 메일에서 그날의 국내 IT 뉴스에 관한 소식을 따로 챙긴 후 본격적인 업무 메일을 시작한다. 일 단위, 주 단위, 월 단위로 해야 할 목록(To do list)를 만들어 진행 중인 프로젝트와 새로 기획 중인 일들을 항상 숙지한다.

특히 유니버설사나 폭스사, 뉴욕타임스 등 해외의 유수한 컨텐츠 보유 회사(컨텐츠 프로바이더)들과 관계를 긴밀히 하기 위해 이메일 상으로 지속적인 점검과 관리를 한다. 필요할 때만 연락을 취해서 시급히 무언가를 얻고자 한다면, 이후 예상치 못한 일이 발생할 때는 많은 비용이 필요할 수도 있다. 평상시에 좋은 유대 관계를 지켜 나간다면 신속한 업무 추진에 더블 효과를 얻을 수 있다. 또한 이메일 뿐만 아니라 컨텐츠 프로바이더들과의 관계를 항상적으로 유지하기 위해서 국내외 출장을 자주 간다.

늘 새로운 컨텐츠를 기획해야 한다는 중압감과 잇따른 출장에도 건강한 체력과 정신을 유지할 수 있는 것은 아마도 회사 분위기가 큰 몫을 하는 것 같다.

*

우리 회사의 '자율 출퇴근제'는 9시 출근, 6시 퇴근이라는 틀에서 벗어나 스스로 출퇴근 시간을 조절하여 업무를 효율적으로 할 수 있도록 만들어진 제도이다. 전날 야근을 하고 늦게까지 미팅에 참석한 사람이 아침 9시까지 회사로 출근해야 한다면 그날은 아무래도 최상의 컨디션으로 일하기는 힘들 것이다. 근무와 휴식, 이 2가지를 스스로 조율하여 업무능력을 최대한 끌어올릴 수 있게 하는 이 제도는,

시행착오와 낭비를 줄이고 내부 질서와 체계를 유지하는 가운데 팀원과의 협조도 고려할 수 있어서 매우 만족스럽다.

우리 부서에는 몇 가지 독특한 규칙과 문화가 있다. 우선 우리 팀은 회식을 자주 하지 않는다. 업무가 끝난 후 불필요한 자리를 강요하지 않으며 개인시간을 최대한 존중해 준다.

'GWP(Great Work Place)'라는 그룹원들의 화합과 단결을 위한 행사가 연간 두 차례 정기적으로 열린다. 이 제도는 말 그대로 '위대한 일터'를 가꾸어 나가기 위해 회사가 제공해 주는 기회이다. 콘서트장을 함께 찾거나 단체로 봉사활동을 가거나, 산중에 위치한 조용한 펜션을 빌려 등산을 하고 바비큐 파티를 하는 등 그룹원 간의 단합을 위한 건전하고 유익한 회식 문화의 자리이다. 때때로 작은 규모의 파트 회식이 있지만, 술로 시간을 보내기보다는 식사 후 차를 마시면서 그동안 갖고 있던 생각들을 허심탄회하게 털어 놓는다.

컨텐츠는 사람으로부터 나온다

우리 팀의 구성은 정말 독특하다. 우선 김태근 그룹장, 그는 세계적인 소프라노 조수미 씨의 로드매니저 출신이다. 태권도 선수이기도 했던 그는 워너뮤직에서 근무하다 삼성전자 대리로 입사해서 지금은 초고속 승진, 상무이사급인 그룹장을 맡고 있는 입지전적인 인물이다. 콧수염을 기르고 찢어진 청바지를 즐겨 입는다. 하지만 이런 독특한 외형만이 그의 전부는 아니다. 그는 부하직원들을 잘 부릴 줄 안다. 열린 시각과 긍정적 사고로 팀원이 가지고 있는 능력을 열 배, 백 배로 끌어올리는 힘을 가지고 있다.

그 외에도 줄리어드음대 출신의 바이올린 전공자, 뮤직비디오 제작자, 래퍼, 영화평론가, 파티플래너 등 이력도 화려하고 끼가 남다른 사람들이 모여 있다. 그런 팀원들과 함께 일하다 보니 회사에 출근하는 것이 아니라 색다른 모험을 하거나 파티에 참석하러 간다는 기분이 들 때도 있다. 솔직히 오늘은 또 무슨 일이 있을까 가슴 설레는 기대감에 충만할 때도 더러 있다.

일에 얽매이지 않고 즐길 줄 아는 사람들, 자신이 좋아하는 일이라면 몇 날 밤을 꼬박 지새우며 골몰하는 사람들, 무엇인가 결론이 날 때까지 꼬리에 꼬리를 물고 추적하여 끝장을 보고 마는 사람들, 이처럼 열정과 끈기와 근성을 지닌 사람들과 함께 팀을 이뤄 일하고 있는 것이 나는 마냥 자랑스럽고 행복하다.

그런데 이런 사람들 중에서도 나는 많이 튀는 편이다. 나는 '전직' 무엇이라는 직업을 가진 적도 없다. 미국 유학 중에 우연히 삼성전자에 첫 취업을 했는데, 팀원들은 나에게 '사람 자체가 튄다'라는 말을 한다. 속내를 들여다보면, 두려움 없이 이곳저곳을 어슬렁거리고 배회하며 수풀을 헤치고 새로운 '꺼리'를 사냥하러 다니는 정신, 후방에서의 지원사격에 만족하지 않고 맨 앞으로 뛰쳐나가 적을 소탕해버리고 마는 그런 류의 사람이라는 의미가 담겨 있는 듯하다. 주어진 일을 묵묵히 처리하는 것에 만족하지 못하고 일을 저지르고야 마는 나. 내가 튄다는 소리를 듣는 것은, 나의 젊음 탓일 게다. 나의 뜨거운 청춘을 아낌없이 바치는 이 시간, 이곳에서 칠전팔기의 내 인생이 시작된다.

*

컨텐츠는 사람으로부터 나온다. 사람들의 입에서 흘러나오는 스토리가 컨텐츠가 된다. 눈짓과 손짓과 호흡이 손발을 맞추어 꼴을 갖춘다. 내 주변에는 많은 사람들이 있다. 내가 만나는 수많은 사람들은 제각기 멋진 스토리텔러들이다. 나는 그들과 만나 천일 밤을 꿈꾸고 천일야화를 만든다. 그들과의 스토리텔링이 컨텐츠의 진정한 힘이다.

페이스북의 친구는 1,500명, 휴대폰에 저장되어 있는 사람 수는 2천 명을 넘나든다. 나를 둘러싼 인맥들은 나무에서 가지들이 뻗어나가고 그 가지들에서 계속 잔가지들이 뚫고 나오듯이 자연스럽게 넓혀진다. 하지만 나무도 사랑과 관심, 적당한 햇빛과 수분이 필요한 것처럼 나 역시 정성과 애정을 다해 내 시간과 노력을 투자한다. 그리하여 즐거운 스토리들이 탄생한다.

추수감사절 하우스파티

2010년 추수감사절, 조촐한 파티를 열었다. 이름 하여 '추수감사절 맞이 하우스파티.'

미국에서는 추수감사절이 되면 가족들이나 친한 친구들과 함께 저녁을 먹으며 작은 파티를 연다. 나도 문득 주변 사람들과 아무런 부담 없이 '작은 잔치'를 하고 싶었다. 오늘날까지 살아오면서 이렇게 좋은 사람들과 만나게 해 주신 은혜에 감사하는 마음이 전부였다. 처음에는 간단한 음식 몇 가지에 와인을 곁들여 손가락에 꼽을 아주 친한 사람 몇 명만 부를 생각이었다.

그런데 막상 하우스파티 당일이 되자 70명 정도가 집으로 찾아왔다. 발 디딜 곳이 없을 정도로 집이 복잡하다. 예상외로 많은 사람들이 모이면 흥겨움과 유쾌함이 배가 된다. 모인 지 얼마 지나지 않아 준비한 칠면조 고기가 바닥이 났다. 배부르지 않아도, 와인이 양껏 넘치지 않아도 비좁은 곳에서 사람들은 어깨를 부딪치며 두런두런 이야기를 나눴다. 가끔 희미한 미소가 번지기도 하고 깔깔대는 웃음소리가 터지기도 했다. 예상치 못한 새로운 이야기들에 귀를 쫑긋 세

집에서 열린 추수감사절 하우스파티에 모인 반가운 지인들.

운다. 발그레한 얼굴은 와인 때문이 아니다. 젊음의 공기가, 청춘의 향기가 그들을 달뜨게 하는 것이다.

그리고 여기서 우리는 덤으로 비즈니스까지 할 수 있다. 자신의 일을 소중하게 생각하는 사람들이 상대방에게 귀를 기울이며 허심탄회하게 마음을 나누는 가운데 의외의 성과를 거두는 것이다. 한 손에 와인을 들고 찾아온 이들은, 양손에 기쁨과 비즈니스를 쥐고 즐겁게 돌아간다.

나를 만나러 온 자리지만 나를 매개로 또 다른 사람을 만난다. 전혀 새로운 분야의 사람과 함께 웃고 대화를 나누며 즐거움과 흥미를 느낀다. 자기 분야에 도움을 줄 수 있는 사람을 만나게 될 수도 있고 기꺼이 다른 사람을 돕기도 한다. 그래서 나를 아는 사람들은 스스럼없이 이렇게 말한다.

"널 만나면 기분이 좋아!"

*

내 인간관계의 목표는 바로 이것이다. 나와의 만남에서 행복을 느끼는 것, 기쁨을 얻는 것, 열정을 함께하는 것, 재미를 알아 가는 것이 나의 바람이다. 이런 감정을 지인들에게 듬뿍 주어야 직성이 풀리는 것이 아마도 천성인 것 같다. 따지고 보면 그들에게 직접 무엇인가를 해 준 것은 없다. 단지 누구든 함께할 수 있는 장소와 시간을 만들기 위해 궁리할 뿐이다. 나 또한 그 속에서 완벽하게 즐기고 젖어든다. 우리는 아라비안나이트처럼 무궁무진한 경험과 기억과 상상과 생각을 나눈다.

나는 알게 되는 한 사람 한 사람마다 정성과 진심을 다해 최선의 모습으로 마주하고 있다. 다수의 사람들과 교제를 시작하면 소홀해지기 쉽고 인맥만을 위한 만남으로 변질될 수도 있다. 그래서 첫 만남은 될 수 있으면 소수의 사람들과 함께한다. 상대방과 대화 중일 때에는 아주 급한 통화 외에는 가급적 전화를 하지 않는다. 혹자는 이야기 중에 상대방이 당연히 이해해 주겠거니 하고 양해도 구하지 않은 채 통화를 하거나 다른 일을 처리하기도 한다. 그것은 상대방에 대한 예의가 아니다.

내 주위에 있는 사람들과 사회를 위해 내가 할 수 있는 일이 있다면 무엇이라도 하는 것이 내 삶의 제1의 목표이다. 베풂의 행복을 알게 되었기 때문이다. 비록 지금은 내가 가진 게 많지 않더라도, 부족함 가운데에서라도 나눌 수 있음에 행복하다.

5. Stay hungry, Stay foolish

속초 철인3종경기에 참가하다

2011년 7월 3일, 속초에는 새벽부터 폭우가 쏟아졌다. 밖은 아직도 어두컴컴하고 세찬 빗줄기가 창을 때렸다. 마음이 심난했다.

'곧 대회가 열릴 텐데…….'

손꼽아 기다리던 대회인데, 진행될 수 있을까 하는 걱정이 앞섰다. 일단 스마트폰의 날씨 관련 앱인 weather.com을 열었다. 속초의 기상 상태를 확인해 보니, 하루 종일 '우산이 필요하다'고 표시되어 있었다. 교통사고가 난 후, 내 생애 두 번째로 도전하는 철인3종경기의 정식 명칭은, '제11회 문화체육관광부장관배 속초설악 전국 트라이애슬론 경기'이다.

'흠, 비가 이렇게나 쏟아지는데, 아마도 취소될 것 같군. 취소되면 잠이나 푹 자야겠다.'

비가 계속 내리는데도 주최 측으로부터는 대회 취소에 대한 어떠한 알림도 없었다. 대회를 강행하는 게 분명하다. 아직도 채 밝지 않은 아침 6시, 쏟아지는 빗속을 더듬으며 속초시 청호동 해변의 경기장으로 향했다.

'나는 그동안 의지력 하면 누구에게도 뒤지지 않는다고 생각했다. 그런데 아직도 내 안에 도사리고 있는 이것은 무엇인가? 이깟 비를 핑계 삼아 경기에 대한 두려움을 숨기려 했단 말인가.'

하지만 대회장에 도착하자 나는 깜짝 놀라고 말았다. 나의 주저함과 회피하고자 했던 모습이 얼마나 부끄러웠는지 알 수 없었다. 이미 많은 선수들이 폭우와는 상관없이 몸을 풀고 차가운 바닷물에 용감하게 뛰어들며 연습을 하고 있는 게 아닌가. 심리적으로 흔들리고 있던 내게 그것은 큰 충격이었다.

'아, 정신력에서부터 지고 들어가면 큰일인데, 김준형! 정신 똑바로 차려 봐.'

*

나는 고백하건대, 2002년 스물을 갓 넘긴 어느 날 교통사고로 오른쪽 다리와 심장을 크게 다쳤다. 수술을 했지만 장애 판정을 받고 말았다. 아직도 오른쪽 다리에는 커다란 수술 자국이 일곱 군데, 40센티미터 이상 선명하게 남아 있다. 어쩌면 이 수술자국은 삶을 돌아보게 하고 앞날을 지탱하는 버팀목일지 모르겠다. 살아남은 이유, 살아갈 이유, 그리고 과거에 대한 처절한 반성과 아픔…….

오른쪽 다리는 의학상으로 완벽히 치유된 상태가 아니다. 현대 의학으로 아무리 세밀하게 수술을 했다 하더라도 일곱 조각이나 났던 다리가 멀쩡히 회복된다는 것은 있을 수 없는 일일 것이다. 장거리를 달릴 때에는 작은 통증과 욱신거림이 수반된다. 오랫동안 바닥에 앉아 있으면 다리가 많이 저리다. 또한 심장의 대동맥박리증이 수술 없이 치유되었지만, 이 역시 완쾌된 것은 아니었다. 일단은 상처가 아물었지만, 대동맥박리증은 100퍼센트 치유되기 힘들며, 무리한 운동을 할 경우 심장에 부담을 주게 될 것이다.

이렇게 완전하지 못한 다리와 심장을 가졌지만, 체력만은 어느 운동선수 못지않다고 자신했다. 지속적이고 끈기 있는 폐활량 증가 훈련과 건강 회복에 노력을 기울인 결과, 삼성전자 내의 철인3종경기 동호회인 '세슬론'에서 정회원으로 활동할 수 있었고, 대한철인3종경기연맹에 선수로서 등록할 수 있었다. 그리고 나는 전국대회 철인3종경기를 준비하기 시작했다.

"나, 철인3종경기에 출전할 계획이야!"

내가 말을 꺼내자마자 주위의 친구들은 모두 '미쳤다'고 말렸다.

"다리 수술한 곳이 도지면 어쩔래?"

"왜 이렇게 겁 없이 덤비니? 나는 네가 하는 일을 보면 가슴이 떨려 죽겠다."

물론 부모님도 걱정을 많이 하셨으나, 내 고집을 꺾지는 못하셨다.

내가 도전하는 종목은 철인3종경기 중에서도 올림픽코스다. 수영 1.5킬로미터, 사이클 40킬로미터, 마라톤 10킬로미터 도합 51.5킬로미터로 구성된다. 이 세 종목을 쉬지 않고 이어서 달려야 하기 때문에 인간 체력의 한계에 도전하는 '철인(鐵人)경기'라고 부른다.

경기에 참여하려면, 하루도 빠짐없이 기본적인 근력운동과 3종경기를 병행해서 훈련해야 한다. 특히 수영은 선수급 실력을 갖춰야 한다. 철인3종경기에 출전하겠다고 생각하기 전에도 운동은 열심히 한 편이었는데, 대회 날짜가 잡히고 정식으로 선수 등록을 한 이후에는 운동 강도를 급속히 올렸다. 하루에 2시간 달리기와 수영, 요가, 필라테스, 웨이트트레이닝, 스트레칭, 사이클, 체력 단련을 위한 크로스핏(Crossfit) 등의 훈련을 강행했다. 더구나 사이클은 꾸준히 해 온 종목이 아니었기에 일주일에 평균 10시간 정도 훈련 시간을 확보하여, 항상 느낌을 잃지 않도록 노력했다. 물론 정신력 강화 훈련도 빼놓을 수는 없었다. 비록 상처 입었던 몸이지만, 운동을 통해 극복하기 위한 에너지를 얻고 있다는 사실이 미치도록 좋았고 커다란 위안이 되었다.

*

이미 나는 속초 대회가 열리기 한 달 전인 6월 5일, 대구에서 열린 '대구시장배 전국 철인삼종경기대회'에 생애 첫 출전을 했던 경험이 있었다.

첫 번째 경기 출전의 목표는 단연 '완주'였다. 그리고 그 목표를 달성할 수 있다고 생각했다. 남들이 뭐라 하든 내가 그렇게 생각한다는 사실이 중요했다. 불가능하다고 생각했다면 도전하지도 않았을 테니까.

대구 경기에 출전하기 전에, 철인3종경기에 도전하다가 목숨을 잃은 사람도 있다는 이야기를 익히 들어 알고 있었다. 당연히 겁이 덜컥 났다.

미국 애보트 노스웨스턴병원 캐빈 해리스 박사가 조사한 결과, 2006년 1월부터 2008년까지 철인3종경기에 참가한 92만 명 중 14명

DVD '나디아-현대 요가백서'의 한 스틸컷. ⓒ Benjamin Kim.

이 사망했다 한다. 그런데 14명 중 대다수를 차지하는 13명의 사망 원인은 수영 중 심장에 부담을 줬기 때문이었다.

철인3종경기가 위험한 것은 바로 수영 때문이다. 차가운 물이 혈관을 수축해 심장에 큰 무리를 줄 수 있다. 나 역시 심장에 있어서는 자유로울 수 없는 몸이니 이러한 통계를 보면 두려운 게 사실이다. 이렇게 생명이 왔다갔다 하는 하드코어 운동이지만, 인간의 한계에 도전하고, 엄청난 의지와 훈련, 인내가 없이는 할 수 없는 운동이기 때문에 더더욱 나 자신을 시험해 보고 싶다.

'강한 의지와 마음가짐을 다잡는 데 이만한 운동은 없다. 현재에 만족하는 순간 쓰러진다.'

결국 대구 대회에서 나는 완주의 희열을 맛보았다. 물론 하위권으로 결승 테이프를 겨우 끊었다. 완주하는 순간, 죽을 만큼 숨이 찼고 심장이 터져버릴 만큼 고통을 느꼈다. 멋모르고 덤벼 보았고 운 좋게 완주를 했지만, 철인3종경기는 결코 만만히 볼 상대가 아니었다. 그런데 한 번 완주를 해 보고 나니 더 큰 욕심이 생겼다.

우승, 불가능이란 없다

그 덕에 참가한 경기가 바로 오늘, 속초 경기였다. 경기장으로 떨어지는 빗방울은 점점 더 굵어졌다. 이번 경기는 다행히 삼성전자 철인 동호회인 세슬론이 함께 참여하여 한편으로 든든하기도 했다. 하지만 두 번째 경기라고 긴장이 덜 되는 것은 아니었다. 오히려 한 번 뛰어 봤기 때문에 욕심이 났고 부담감도 컸기에 나의 심장은 더 빨리 뛰고 있었다.

철인3종경기는 수영 종목부터 시작한다. 그 다음으로 사이클, 마라톤이 이어지는데 그중에서도 첫 단계인 수영이 제일 어려웠다. 나 역시 다른 선수들과 마찬가지로 호흡을 고르고 준비운동을 하며 몸을 풀었다. 얼마 지나지 않아 드디어 경기가 시작되었다.

'드디어 시작이다! 갈 때까지 가 보자!'

결연히 청호해수욕장의 물속으로 뛰어들었다. 역시 바닷물은 차가웠다. 비 때문인지 앞조차 분간되지 않았다. 기운을 내고 열심히 팔을 내둘렀지만 시원하게 전진하지 못하는 것만 같았다. 처음에는 선두 그룹을 유지하다가 점점 뒤처지기 시작했다. 겨우 해수욕장을 두 바퀴 돌아 1.5킬로미터의 긴 거리를 마치고 물 밖으로 튕겨져 나왔다. 숨 쉴 틈도 없이 사이클 종목을 위해 정신없이 자전거 거치대로 내달렸다. 자전거를 빼 내고 달리기를 준비하는 2~3분 간 갑자기

비가 내리는 날, 속초에서 열린 설악 전국 트라이애슬론 대회에 참가한 나.

동요가 일었다.

'아, 너무 힘들어. 이런 일을 왜 하려고 했을까? 포기할까? 그래, 포기하자, 도저히 못하겠어!'

감았던 눈을 뜨고 주위를 둘러보니 선수들이 자전거를 타고 멀찌 감치 달려 나가고 이었다. 그들은 아마추어 그룹이 아닌 엘리트 그룹 의 선수들이었다.

'아니 이런, 여기까지 왔는데, 나라고 못할쏘냐. 일단 자전거까지 는 타 보고, 그때 가서 포기할지 말지 결정하자. 그래!'

나는 페달을 힘차게 밟기 시작했다. 그리고 엘리트 그룹의 자전거 뒤꽁무니를 그대로 뒤따랐다. 청호해수욕장 주변 도로를 시작으로 시내에 디근 자로 정해진 코스를 돌도 또 돌았다. 세 바퀴째 돌 때는 무념무상, 정말 아무 생각 없이 페달만 밟았다. 신기했다. 갑자기 고 통이 사라지는 듯했다. 비는 여전히 내리고 있었다. 나의 귓가를 스 치는 찬바람에 기분이 좋았다.

'이 사람들보다 뭐가 모자라서 난 포기하려고 했던 걸까?'

페달에 힘이 점점 들어가면서 엘리트 그룹의 하위에서 중위권으로 치고 올라갔다. 엘리트 그룹의 중위권이지만 아마추어 그룹에서는 내가 선두였다. 포기하겠다는 마음은 어느새 저 멀리 달아나 버렸 다. 나는 사이클 다음의 경기인 마라톤에 임할 마음의 준비를 하고 있었다.

길고 긴 40킬로미터의 사이클 경기가 끝나자 자전거를 놓고 달리 기 시작했다. 마라톤은 자전거를 탈 때와는 다른 근육을 사용하게 된 다. 처음에는 천천히 달리기 시작하다가 시간이 좀 흐른 뒤 속도를

〈위〉 대회에서 일등을 한 후 감격에 겨워
자전거를 한 손으로 들고 있다.
〈아래〉 제11회 문화체육관광부장관배 설악 전국
트라이애슬론대회에서 일등을 하고
시상대 위에 올라서 있다.

내기 시작했다. 마라톤은 10킬로미터, 네 바퀴를 달려야 한다. 경기
가 끝날 때까지 비는 멈추지 않을 모양이었다. 발밑이 미끄러우니 더
욱 조심해야 하는데, 결승선이 다가올수록 체력이 떨어지는 것을 확
실히 느낄 수 있다. 멀지 않은 곳에 결승점이 보인다. 젖 먹던 힘까지
내어 결승선을 통과했다. 환호성이 들려왔다.

"장하다, 준형아! 네가 일등이야."

경기에 참가하지 않았던 회사 동호회원들이 나를 반겨 주었다.

'드디어 내가 해냈어요!'

나는 목표했던 완주를 했을 뿐 아니라 일반 동호인 핸디캡 그룹에서 당당히 일등을 차지했던 것이다. 온 몸에 비를 맞으며 단상에 오르는 순간 나도 모르게 목에 걸었던 일등 메달을 번쩍 들어올렸다!

'하느님, 감사합니다!'

경기를 끝내자 제일 먼저 하느님이 떠올랐다. 내가 다시 건강하게 달릴 수 있고, 끈기와 지구력까지 주셨으니, 감사하다는 말밖에 내가 할 수 있는 일이 달리 없었다. 나 자신과의 싸움에서 이겼던 소중한 경험에 가슴이 벅차오르는 날이었다.

*

세상에는 나처럼 몸이 완전하지 못한 사람도 도전하는 경우가 많다. 그리고 수많은 사람들이 도전에 성공하고, 기쁨과 행복을 얻는다. 그런데 건강한 육체를 가진 사람들이 시도조차 하지 않는 것을 보면 안타깝다.

'저건 너무 어려울 거야, 그래서 난 못해!'라며 지레 포기해 버린다. 도전하지 않는 많은 사람들에게 게으름에서 깨어나라고 말하고 싶다. 내가 이 도전으로부터 얻은 용기와 자신감을 도전하지 않는 분들에게 나누어 주고 싶다.

철인3종경기는 체력적으로 힘든 만큼 중독성도 강하다. 나는 속초 대회가 끝나자마자 한 달 뒤에 있을 대회에 참가신청서를 넣었다. 제주도에서 열리게 될 전국 철인3종경기 킹코스는 수영 3.5킬로미터, 사이클 180킬로미터, 마라톤은 풀코스로 구성된다. 이전에 참가했던 대회보다 강도가 훨씬 세다는 느낌이다. 그런데 아쉽게도 제주 대회는 취소되고 말았다. 대신 2012년 4월의 동아국제마라톤대회와 5월의 도쿄국제마라톤대회를 완주했다. 철인3종경기는 기회가 생길 때마다 참석할 예정이다.

*

인간에게 불가능이란 없다. '단지 안 하는 것뿐이지 이루지 못할 것은 없다'라는 사실을 모든 사람들 앞에 보여 주고 싶다. 아흔아홉 번 시도해서 안 되면 한 번 더 하면 된다. 한 번 더 하면 이룰 수 있는데 그 한 번을 하지 않아서 사람들은 자신이 '실패했다'고 말한다.

"Stay hungry, Stay foolish(항상 바보처럼 우직하게 생각하고 끊임

'승마를 좋아하는 젊은이'로
잡지화보를 촬영할 때 후배가 찍은 나.

없이 노력하라)!"

애플 창업자 스티브 잡스가 스탠포드대학교 강연에서 했던 이 말은 이제 너무 유명해져서 인용하기에도 껄끄럽다. 하지만 나는 '바보처럼 끊임없이 노력하라'는 이 말을 듣는 순간 머리에 철퇴를 맞은 것 같았다. 어느새 이 말은 인생의 지침이 되어 내게 희망과 용기와 겸손을 가르쳐 주고 있다.

돌이켜 보면 철인3종경기 도중에 쓰러지거나 넘어질 뻔한 일도 있었다. 그때 넘어졌다 해도 아마 창피해하지는 않았을 것이다. 왜냐하면 나는 끝까지 노력했기 때문이다. 오히려 도전하지 않았다면 후회를 했겠지만, 나는 도전했고 또 노력했으므로 적어도 '그때 한번 해 볼걸' 하는 일은 없다. 쓰러지더라도 멋지게 쓰러지자. 시도를 했으니, 시도하지 않은 것보다 훨씬 더 값지고 떳떳하리라.

앞으로도 기회가 있을 때마다 철인3종경기에 출전할 생각이다. 그리고 새로 시작한 승마도 꾸준히 연습해서 마장마술대회에도 나가고 싶다. 얼마 전부터는 드럼도 배우기 시작했다. 열심히 연습해서 사람들 앞에서 연주할 수 있는 기회도 만들어 보고 싶다.

내가 태어나면서부터 이러한 도전의식과 끈질긴 승부 근성을 갖게 된 것은 아니었다. 앞에서 교통사고에 대해 짧게 언급하기는 했지만 'STEP 2'에서 나의 삶을 송두리째 바꿔 놓았던 그 사고에 대해서 좀 더 자세하게 이야기하고자 한다. 그러면 독자 여러분께서는 인간적인 나의 면모를 한층 더 이해하게 될 것이다. 1분 1초를 치열하게 살고 주위의 사람들을 무엇보다 소중하게 여기게 된, 지금의 나를 있게 했던 스물두 살 그 청춘으로 돌아가 볼까 한다.

STEP 2

내 인생 최고의 터닝 포인트

ⓒ 박경진

1. 삶이 송두리째 박살나다

인생에서 스물둘이란 나이

나의 앞머리가 무성한 이유는 사람들로 하여금

내가 누구인지 금방 알아채지 못하게 함이요,

또 나를 발견했을 때는 나를 쉽게 붙잡을 수 있도록 하기 위해

앞머리를 늘어뜨린 것이며,

뒷머리가 대머리인 이유는 내가 지나가고 나면

다시는 나를 붙잡지 못하게 하기 위함이며,

내 발에 날개가 달린 이유는 최대한 빨리 사라지기 위해서이다.

나의 이름은 바로…… '기회'이다!

그리스 고대 유적지에는 우스꽝스러운 동상이 하나 세워져 있다. 앞머리는 길고 뒷머리는 짧으며 발에는 날개가 달린 이것의 이름은 바로 '기회'. 흔히 인생에는 중요한 기회가 3번 찾아온다고 한다. 그것

을 깨닫느냐 그렇지 못하느냐에 따라 인생은 달라질 수 있다. 그것을 알아챈 사람만이 현명한 사람이라고 말하기도 한다. 사실 내가 이 '기회'에 대해 말할 자격이 있는지 모르겠다. 기회란 노력하는 사람에게만 찾아오는 것이 아니던가.

난 기회에 대해 이렇게 말하고 싶다. 기회란 너무 빨리 지나가고, 놓치면 다시 붙잡을 수 없거니와 꼭 밝은 얼굴로 내 앞에 나타난다는 법은 없다고 말이다. 때로는 기회는 악마같이 검은 얼굴로 나를 집어삼킬 듯 찾아오기도 한다. 어떤 모습으로 나타나더라도 바로 내 것으로 만들지 않으면 그것은 그저 물거품으로 변하고 마는 것, 그것이 기회이다.

나는 기회를 터닝 포인트라고 부르고 싶다. 누구에게나 인생에 한번쯤은 터닝 포인트가 찾아온다. 사랑하는 사람에게 배신을 당하든, 슬픈 가족사로 인해 가슴에 피멍이 들든 인생의 좌표를 뒤흔들 만한 대형 지진 같은 순간이 한 번쯤 인생의 문을 두드린다. 그때 사람들은 주저하거나 포기하기도 한다. 어려운 그 순간을 벗어날 수 있는 길은, 나만의 빛을 찾는 것이다. 누구에게나 밝게 비춰 주는 '빛'은 꼭 있다, 어떠한 상황에도. 나는 그렇게 믿는다.

*

인생에서 스물두 살이란 어떤 의미일까? 이미 그 시간을 지나온 사람들에게는 돌이켜 보면 파릇한 새싹 같은 시간일 것이고, 아직 그 시간이 다가오지 않은 이들에게는 그저 아름다운 미래의 한 시점일 것이다. 무엇을 해도 패기 넘치고 자신만만할 그 나이에 난 이미 세상을 다 산 사람처럼 세월을 보내고 있었다. 아니, 시간을 갉아먹으며 죽이고 있었다는 표현이 맞겠다. 지금이 몇 시인지, 밤과 낮의 구분도 없었고 언제 어디서 무엇을 해야 하는지조차도 생각하지 않고 청춘을 썩히고 있었다.

대학 진학에 두 번 실패한 나는 삼수를 결정하고 다시 입시 공부를 시작해야 했다. 하지만 원하는 대학에 들어가지 못했던 나는 스스로 패배감에 젖어 공부를 멀리했다. 그리고 세상 쾌락에 영혼을 송두리째 빼앗겨 버렸다. 부모님의 걱정도 그저 잔소리로 여기고 마음에 담아 두지를 못했다. 분초를 다투며 공부에 매달려야 할 때이거늘, 철이 들지 않았던 나는 매일 세 곳 이상의 술집에 확인 도장을 찍어야 직성이 풀렸다. 대학 가지 못한 한을 술로 위로 삼았던 것인가. 알코올 없이는 하루도 버틸 수가 없었다. 술을 마시지 않고 맨 정신으로 지내는 시간은 고작 몇 시간, 눈만 뜨면 병나발을 불었다. 방구석에 굴러다니는 빈병들은 마치 전리품처럼 전과(戰果)를 자랑했다. 아침의 찬란한 태양은 알람시계, 때가 되면 어서 마시라고 일깨워 주는 친절한 알람. 그렇게 세상은 나에게 술을 권했다.

'어서 마셔! 마시고 즐기라니까.'

가족보다 술을 더 가까이했던 2년 동안, 나는 지독히도 술을 사랑했다.

*

노심초사하시는 부모님을 볼 낯이 없어서 아예 집까지 나와 버렸다. 나의 삶은 브레이크 없이 질주하는 위험한 자동차였다. 부모님은 나의 무모함을 멈추게 하기 위해 온갖 애를 쓰셨지만, 내게는 허공에서 흔들리는 무의미한 몸짓 같기만 했다. 누구의 어떤 말도 내

귀를 뚫을 수는 없었다. 누가 숨통을 죄어오기라도 하는 것처럼 나는 폭음으로 하루하루를 연명했다. 끝 갈 곳을 모르는 채 비틀거리며 '어리석은 일상'을 보내던 내게, 몹시 처참한 '터닝 포인트'가 찾아왔다. 그날도 나는 나 스스로를 죽이는 우둔한 시간의 한가운데에 있었다.

돌이킬 수 없었던 교통사고

낮부터 마시기 시작한 술은 새벽 4시가 되어도 끝나지를 않았다. 세 번째 옮긴 술집, 습기 차고 퀴퀴한 지하 룸에서 P형의 생일파티를 억세게 즐기던 중이었다. 발렌타인 위스키 3병이 테이블 위에 제멋대로 나뒹굴고, 안주도 모두 바닥이 났다. 거나하게 취해서 세상에 두려울 것 없이 기고만장해진 우리는 고래고래 소리를 질렀다.

"원샷! 원~샷!"

술잔이 거세게 부딪쳐 술이 넘쳤다. 주저 없는 원샷은 우정의 표시이자 자기 과시였다. 폭탄주를 얼마나 털어 넣었던지 눈앞이 가물가물하다. 하루가 멀다 하고 마셔 댔지만 오늘따라 유난히 기분이 좋다. 이렇게 '필 받는' 날은 흔치 않다. P형은 계속해서 "고고!"를 외쳐 댔다.

"준형아, 내 생일인데 여기서 끝낸다는 게 말이 되냐? 자자, 우리 4차 가야지, 4차~~."

"그럼 그럼, 당연히 가야지! 오늘이 어떤 날인데! 가 보자고."

늘어질 대로 늘어져 깜빡 졸음이 오는 것도 같았다. 혀 꼬부라진 소리, 퀭한 눈으로 모두 다음 술집으로 옮겨 갈 준비를 했다.

*

'그래, 갈 때까지 가 보자.'

스물둘, 아무리 젊다지만, 폭음에 절은 육신이 온전할 리 없었다. 기억마저 먼 의식 너머로 사라지는 듯했다. 물에 빠진 솜처럼 무거운 몸을 겨우 이끌고 밖으로 나오니 바람이 서늘했다. 술이 약간 깨는 느낌이다. 벌써 11월이라는 사실이 믿을 수 없었다.

'아, 어느새 시험이 끝나버렸구나.'

나는 자포자기의 심정으로 수능일이 닷새 전에 지난 것도 깜빡하고 있었던 것이다. 겉옷을 주섬주섬 챙겨 입고 차에 몸을 던졌다. 조수석에 타자마자 어디로 가는지도 모른 채 나는 그만 곯아 떨어졌다. 우리가 탄 중형 세단은 신사동에서 강남역을 지나 뱅뱅사거리로 전

형체를 알아볼 수 없을 정도로 일그러진 자동차. 사고 당시의 처참함을 말해 준다.

속력으로 달렸다. 아마 고속도로를 탈 예정이었는지 양재역 사거리에서 서초인터체인지 쪽으로 급하게 우회전을 했다.

"콰쾅! 쾅!!"

그 순간 우리의 시간을 멈추어버린 무시무시한 사고가 일어났다. 쾌락을 뒤로하고 이렇게 비참한 순간을 맞게 되리라는 것을 우리 중 어느 하나라도 알았을까?

커브 길에 서 있던 덤프트럭에 정면으로 돌진하고 말았다. 우리가 타고 있던 차는 완전히 박살났다. 음주운전의 무서움이란 이런 것인가. 트럭을 미처 보지 못한 우리는 브레이크를 밟을 새도 없었다. 트럭을 박고 튕겨 나온 육중한 차체는 공중에서 산산조각이 나고 말았다. 모든 것이 눈 깜짝할 사이였다. 경보음이 요란하게 어둠을 갈랐다. 몇 대의 차만이 쌩쌩 질주하는 허허로운 도로 위에서, 나의 인생에 울리는 참혹한 경보음에 나는 몸을 부르르 떨었다.

'나를 지키는 행운의 천사가 있다면, 한 조각의 기적이 남아 있다면, 찰나의 순간이라도 착하게 살아온 시간이 있다면, 온 힘을 다해 날 도와 다오.'

나는 의식을 잃었다. 2002년 11월 11일 새벽 4시 28분, 이 순간이 내 삶의 모든 것을 바꾸어 놓았다.

2. 고통의 시간

대동맥박리증, 심장이 터져버리다

"덜그럭 덜그럭."

어딘가로 내가 실려 가고 있다. 너무 강한 빛에 눈을 뜰 수가 없다.

여기가 어딜까? 아무런 기억도 나지를 않는데. 어, 손가락이 안 움직여! 헉, 숨 쉬기도 힘들다. 왜 이렇게 갑갑한 걸까? 말하고 싶은데 입이 안 떨어진다. 아무런 소리도 들리지 않아, 어디 갇혀 있는 것일까? 아아, 그냥 여기가 어딘지만이라도 알고 싶다. 내가 살아 있다는 증거로 누구라도 좋으니 제발 내 눈 앞에 나타나 줘!

그래, 이제 뭔가 좀 보인다. 빛이다! 내 눈 위로 길쭉길쭉한 하얀 빛들이 줄을 지어 움직인다. 어디서 많이 본 풍경들이다. 그래, 영화 속이야.

사고가 난 주인공이 들것에 실려 병원에 옮겨져 오면 처음 맞닥뜨리는 몽롱한 장면들. 나는 병원 복도 천장에 매달린 무수한 형광등이

쉭쉭 지나가는 것을 눈꺼풀 사이로 희미하게 바라보고 있었다. 아아, 형광등 푸른 불빛이 너무 몽환적이다. 신기하게도 나는 전혀 아프지 않다. 아무런 고통도 느낄 수 없다. 너무 취해서일까, 아니면 혹시 내가 죽은 걸까?

*

사고 직후 119구급대가 사고 현장에 도착했을 때, P형과 나는 겨우 숨만 쉬고 있었다. 차문이 심하게 구겨져 꼼짝하지 않자, 구급대원들은 강제로 운전석의 차문을 뜯어냈다. 가까스로 P형이 구조되었다. 어둠 속에서 나는 미처 발견되지 못했다. 심하게 훼손된 조수석 아래쪽에서 잠시 후 나를 찾아낸 구급대원이 급하게 움직였다. 안전벨트를 매지 않았던 나는 좌석에서 튕겨져 나갔던 것이다.

P형과 나는 사고 현장에서 가장 가까운 강남성모병원 응급실로 옮겨졌다.

"준형아! 주, 준형아~~!!"

차적 조회가 되어 부모님께 연락이 닿았던가 보다. 떨리는 가슴으로 응급실에 도착하니 119 구조대원이 정황을 설명하고 이렇게 덧붙였다.

"다행이 잠이 들어 있어서……, 이 정도로 다친 것도 어떻게 보면 다행이라고 할 수 있습니다. 하지만 안전벨트만 했어도 좀 나았을 텐데, 쩝."

부모님은 너무 놀라 눈물조차 흘릴 수 없었다. 잠결에 전화를 받고 부지불식중에 달려온 터라 옷도 제대로 갖춰 입지 못한 부모님은 그저 멍하게 서 계실 뿐이었다.

만취 상태였던 나는 무의식중에 무슨 말인지 계속 중얼거렸다. 담당의사는 뇌 손상을 의심하고 먼저 MRA부터 찍도록 했다. 이곳저곳이 만신창이였지만 희한하게도 얼굴에는 작은 상처 하나 없었다. 그런데 MRA 결과를 보고 가족들은 또 한 번 놀랄 수밖에 없었다. 여러 차례 촬영을 했음에도 머리에서는 아무런 손상이 발견되지 않았다. 그럼에도 불구하고 내가 무의식적으로 헛소리를 계속해 대자 가족들은 오열했다.

"이게 어찌 된 일이냐, 준형아. 네 머리에는 아무런 이상이 없다는데, 왜 이런 몹쓸 소리만 뱉어 낸단 말이냐."

그때까지도 지독한 '술의 악마'가 나를 놓아주지 않았던 모양이다. 아마도 이렇게 속삭이며 나의 의식을 짓밟았던 것 같다.

'히힛, 준형아, 나랑 가자, 이렇게 살 바에는. 인공호흡기를 벗기만 하면 돼. 그럼 네가 지금 당하는 고통은 한방에 날려 버릴 수 있단다. 애야, 얼른 가자, 나랑 가자.'

일곱 조각 난 오른 다리

뇌 검사를 비롯해서 여러 가지 검사가 진행되었다. 시간이 흘러 정신을 차리신 어머니가 담당의사에게 처음 말을 꺼냈다.

"선생님……, 우리 준형이, 어떤…… 상탠가요?"

"예, 현재 두 군데가 아주 심각합니다. 먼저 오른쪽 다리가, 말씀 드리기가 좀 그렇지만, 허벅지에서 정강이, 발목까지 성한 곳이 없습니다. 뼈가 일곱 조각 났습니다."

"다리가 조각이 났다고요?"

"네. 음…… 그런데 더 심각한 건 심장입니다. 심장박리증입니다. 쉽게 말씀드리면, 심장의 대동맥이 터져버린 겁니다. 그걸 막는 게 급선무입니다."

'심장박리? 대체 그게 무슨 뜻인가? 우리 준형이가 어떻게 된다는 말인가?'

어머니는 다리에 힘이 빠져 주저앉고 말았다. 아버지가 넋을 잃은 어머니를 부축하여 천천히 일으켜 세웠다. 아무도 입을 떼지 못했다. 너무 두려워 차마 의사에게 아무런 질문도 할 수 없었던 것이다. 무거운 침묵을 깬 것은 아버지의 목소리였다.

"그러면 걸을 수는 있나요? 아니 살 수 있습니까?"

"다리도 문제지만, 지금 급한 곳은 심장입니다. 박리증은 수술이 가능하긴 한데……."

의사로부터 자세한 설명을 들었다. 심장과 이어지는, 피를 공급하는 굵은 호스 역할을 하는 대동맥이 터져서 피가 돌지 않을 수도 있고, 조금만 잘못 건드려도 죽을 수 있는 상태였다. 대동맥박리증에는 상행 대동맥박리증과 하행 대동맥박리증이 있는데, 일반적으로 상행이면 살아날 가망성이 거의 없다. 그런데 나는 하행 대동맥박리증으로, 불행 중 다행으로 피가 내려가는 쪽의 대동맥이 파열되어 즉사는 면했던 것이다. 수술은 몸 안에 있는 피를 호스를 끼워 다 빼낸 후에 다시 새로운 피를 호스를 통해 공급한다. 대동맥박리증 수술은, 사람을 죽였다 살리는 수술이었다. 몸에 끼워 놓은 그 호스는 한번 장치해 놓으면 절대 빼지 못하고 평생 가슴에 달고 살아가야 한다.

'그렇게 되면 대체 …….'

부모님은 설명을 듣고 난 뒤에도 결정을 내릴 수 없었다.

"혹시 수술 안 하는 방법은 없습니까?"

"수술을 하지 않으면 생존율이 낮습니다. 평균 25퍼센트 정도라고 볼 수 있지요."

"그럼, 수술하게 되면요?"

"수술이 잘 되면 35퍼센트입니다."

"수술 후에 운동은 할 수 있는 건가요, 선생님?"

"일상생활에 큰 지장은 없겠지만, 심한 운동은 절대 할 수 없을 겁니다."

어머니는 입이 바싹 타들어갔다. 병원에서는 수술 여부에 대해 신속히 결정을 내려 달라고 했지만, 부모님은 아무런 결정도 할 수 없었다.

"선생님, …… 우리 준형이는, 준형이는 …… 운동이 전부인 아인데, 운동을 못하면 죽은 목숨이나 다름없는데……."

어머니는 말을 계속 잇지 못하고 눈물을 삼키셨다. 아버지는 어머니 손을 잡고 눈을 감고 계셨다. 그때 두 분은 결심하셨던 모양이다.

'우리는 절대 아들을 포기하지 않겠다. 기도로 준형이를 살려 보겠다.'

평생 운동을 하지 못하고 살아가는 나를 상상해 보시고는 절대 수술은 안 되겠다고 생각하셨다. 결국 나는 그날 수술을 받지 않았다.

중환자실, 죽음 같은 고통이 찾아오다

시간이 얼마나 흐른 걸까? 나는 자고 있었나? 힘겹게 눈꺼풀을 끌어올렸다. 목이 타 들어가는 것 같다.

'제발 물, 물 좀 주세요!'

아무리 소리를 지르려고 해도 입이 떨어지지 않는다. 입이 말라비틀어지고 목이 불에 덴 양 따갑다. 단 한 모금이라도 좋아, 물이 먹고 싶다. 입술이라도 좀 축였으면. 하지만 말이 나오지 않는다.

보이는 것은 하얀 벽과 형광등, 그리고 가습기에서 분사되는 뿌연 입자뿐이다. 여기는 어디지? 누워 있는 건 나인가? 산소호흡기에 이슬이 맺혔다 사라지는 걸 보니 죽은 건 아닌가 보다.

'내가 살아 있다!'

숨을 거칠게 몰아쉬었다. 주위를 둘러보려 했지만 고개가 꼼짝하지 않는다. 뭔가로 단단히 고정되어 있는 것 같다. 몸을 뒤척여 보려 했지만, 손가락 하나 움직여지지 않는다.

눈앞에 커다란 물체가 보인다. 천장에 매달린 추가 오른쪽 다리를 지탱하고 있는 모습이다. 가느다란 철사가 다리 여러 곳을 관통하고 그 철사들은 모두 그 추에 다시 매달려 있다. 조금씩 내 모습을 알게 되었다.

'그래, 그날 밤, 나는 차를 탔었지, 술을 마시고, 그리고 어떻게 된 건가? 그래, 차사고!'

움직일 수도 말할 수도 없는 이 끔찍한 상황 앞에 나는 눈을 질끈 감았다. 두려웠다. 곧 죽을지도 모른다는 공포가 엄습했다. 갈기갈기 찢긴 내 다리…….

'엄마…….'

입이 떨어지지 않는다. 이건 아니야, 뭔가 단단히 잘못돼 가고 있는 거야. 내가 이렇게 가만히 누워만 있다니, 손가락 발가락 하나 꼼짝할 수 없다니, 이건 아니야. 그래, 현실이 아니야! 고함을 질렀지만 아무런 소리도 나오지 않았다. 아, 나는 이렇게 죽는 건가.

*

결국 다음날 가족들은 심장박리증 수술을 하지 않기로 최종 결정했다.

"그렇지요. 환자의 정신력이 중요한 건 맞습니다. 가족들의 의사를 존중하겠습니다. 그러나 언제라도 결정이 바뀌시면 알려 주십시오. 저희들은 최선을 다할 것입니다."

의료진은 부모님의 강력한 의지 앞에 한 걸음 물러섰다. 각종 검사가 계속되는 동안 아버지와 어머니, 누나 온 가족이 뜬눈으로 응급실에서 밤을 세웠다.

나는 곧 중환자실로 옮겨졌다. 그 후부터 죽음과도 같은 고통의 시간이 시작되었다. 하루에도 온갖 종류의 사고로 수십 명의 환자들과 보호자들이 북적거리는 응급실과는 달리 중환자실은 고요했다. 다만 24시간 쉬지 않고 움직이는 수많은 계측기들이 정적을 깨뜨렸다.

내 몸에 수십 개의 작은 바늘이, 심장에는 커다란 주사가 꽂혔다. 혈관주사를 5개 정도 맞아야 하는데 혈관이 너무 좁아 심장에 직접 주사하는 방법이 이용되었다. 대동맥에 꽂힌 커다란 바늘을 통해 약을 계속 주입했다. 그런 바늘쯤은 크게 불편하지 않았지만 폐에 피가 계속 고이는 것이 문제였다. 갈비뼈 사이를 관통하여 팔뚝만한 주사기로 폐에 고인 피를 빼낼 때의 통증은 이루 말할 수가 없었다.

교통사고 후 만 하루가 지나자 의식이 조금씩 회복되었고 그와 동시에 찢어질 듯한 고통도 함께 시작되었던 것이다. 말은 할 수 없었지만 알아들을 수는 있었다.

'다리도 병신, 심장도 언제 멎을지 모른다고? 그래, 이게 사형선고가 아니고 뭐지? 허허, 세상모르고 잘났다고 날뛰던 김준형, 이 꼴이 대체 뭐란 말이야, 대체. 흑.'

나는 속으로 울고 있었다. 비참한 내 모습을 절대로 인정할 수 없었다. 내가 벌을 받고 있는 건가? 집을 뛰쳐나오고 부모님 속 썩이고, 술이나 처먹고 공부도 안 하고 돌아다니면서 허구한 날 사고나 치고.

'삼수생이 시험도 안 보고 이렇게 누워 있으면 어떻게 해? 그래도 시험은 볼 거였잖아, 너, 안 그래? 김준형!'

*

그렇다. 나는 사형선고를 받았다. 조각 난 오른쪽 다리와 터져버린 대동맥. 나는 다시 걸을 수 있을까? 내 멋대로 가고 싶은 곳, 하고 싶을 일들을 거리낌 없이 하고 다녔던 지난 세월, 자유로웠던 나의 일상들이 멀어져 간다. 모든 것을 남의 손에 맡겨 놓을 수밖에 없는 이 무기력감, 수술도 안 한다 하니 시간이 흐르면 뭔가 결판이 날 건가? 뭐가 도대체 '환자의 의지'란 말인가?

시간이 흐르기만 기다린다니, 허공에 매달린 채 방치된 오른쪽 다리라도 먼저 손을 쓸 수는 없을까? 조각조각 난 뼈가 그대로 붙어버리면 안 되기 때문에 철사로 간격을 벌려 놓았다. 일곱 조각 난 뼈를 접합하기 위한 수술 역시 대수술이었다. 전신마취를 하려면 심장이 온전해야 하는데, 대동맥이 터져버렸으니 마취도 안 된다고 한다. 마취 중에 심장 기능이 갑자기 떨어져 버리면 바로 위급 상황이 발생할 수도 있기 때문이다. 다리 수술은 심장이 호전된 뒤의 문제였다. 어쨌든 심장이 문제다.

지금 할 수 있는 조치는 무릎에 생기는 고름을 주사기로 계속 빼내는 일뿐이다. 폐에 고인 피를 빼내고, 무릎에 고인 고름을 빼내고, 언제까지 고일지 모르는 피와 고름을 그저 주사기로 빨아내고 또 빨아내는 일 말고는 달리 조치가 없다. 나는 그때마다 처절한 고통 앞에 단말마적 경련을 일으킬 뿐이었다.

이처럼 나는 실낱같은 목숨을 겨우 연명하고 있었다. 아직은 죽지 않았다. 그러나 지금 죽는다 해도 크게 이상할 게 없는 상태이다. 기침 한번 잘못하면 임시로 막은 대동맥이 터져서 그대로 죽을 수도 있다. 이렇게 심각한 상황이고 보니 '죽음도 이처럼 고통스러울까?' 하는 생각마저 든다. 아마 죽음보다 더한 고통이 있다면 지금일 것이라고 느껴진다. 아! 내 찢어진 심장이여. 당장 누군가 내 팔을 도끼로 자른다 해도 이 고통의 발끝에도 미치지 못하리라. 나는 지금 지옥에 있다.

아, 나는 살고 싶다

만신창이 몸으로 '버티기'에 들어간 지 열흘이 지났다. 언제 고개를 돌릴 수 있을까? 아침에 눈을 뜨면 제일 먼저 마주하게 되는 천장에 매달린 내 다리, 하루에도 수없이 많은 검사와 혈압, 맥박, 호흡, 체온 등의 바이탈사인 체크, 그리고 살인적인 고통을 덜기 위한 모르핀 투약. 하루가 어떻게 지나는지, 지금이 무슨 요일인지, 세상은 어떻게 돌아가는지 알 수 없었다.

"준형아, 엄만 너를 믿는다. 넌 누구보다 강한 아이니까 잘 견뎌낼 거야."

어머니는 눈물을 보이지 않으려고 고개를 돌리셨다. 하루에 두 번 겨우 면회가 되는 중환자실, 어머니는 나를 조금이라도 더 보기 위해 제일 먼저 중환자실 앞에서 기다렸다가 하얀 면회복을 입고 얼른 들어오셨다. 내 얼굴을 쓰다듬고 내 마른입에 물을 축여 주시는 어머니의 손길, 어머니는 내 손을 꼭 잡고 기도를 올리셨다. 학업으로 바쁜 누나도 틈틈이 나를 돌봐 주느라 애를 많이 썼다. 면회시간에 우리는 한마음으로 열심히 기도를 올렸다. 주님께서 기적을 일으키시리라는 것을 믿었다.

*

'혹 나는 벌을 받고 있는 것일까? 그동안 내 멋대로 살아서 이런 사고를 당한 걸까?'

그런 생각을 하니 나는 부모님과 누나를 똑바로 쳐다볼 수가 없었다. 시간을 되돌릴 수만 있다면 얼마나 좋을까? 다시는 그런 실수는 하지 않을 텐데, 세상을 조롱하며 살지 않을 텐데 말이다.

'나는 죽고 싶지 않다. 다시 일어서야 한다. 아버지, 어머니, 사랑하는 가족들이 이렇게 힘들어하는데, 이렇게 내 생을 끝낼 수는 없어. 못난 모습만 기억에 남긴 채 이렇게 세상을 작별할 수는 없어. 그게 더 큰 죄다. 스스로 떳떳한 모습을 보여 드리고 싶다.'

나는 살고 싶었다.

프란시스 베이컨은 말했다. "사람은 사랑과 고통에 의해서만 변화된다." 참 잔인한 말이다. 그 사람도 이런 고통을 겪어 봤을까? 단지 사랑의 달콤한 고통만을 가지고 그것이 사람을 변화시킨다고 말한 것은 아닐까. 물론 사랑의 고통을 폄하하는 것은 아니다. 다만 이 말이 그때만큼 처절하게 다가온 적이 없다. 통렬히 이해해서가 아니라 쓰레기통에 처박고 싶을 만큼 가치 없는 말처럼 들렸기 때문이다. 세상에 극복하지 못할 고통은 없다는 말, 사람이 견딜 수 있는 만큼의 고통만 받게 된다는 말, 하지만 겪어 본 사람들은 그렇게 쉽게 말하지 못한다. 난 그때 고통이 사람을 변화시킨다는 말을 이해하지 못하고 있었다.

하루하루 시간은 흘러가고 있었다. 아니 1분 1초를 온 몸으로 감내해 내고 있었다. 천계를 어지럽힌 죄값으로 천공(天空)을 어깨에 지게 된 아틀라스처럼, 나는 쓰러지지 않기 위해 이를 악물었다. 비싼 술값을 지불하며 우정을 과시하느라 수십 잔을 함께 비우던 그들 중 누구도 사고 후 병문안을 와서 격려와 위로를 해 준 사람은 없었다. 인간의 이중성에 환멸을 느꼈다. 그러면서 점차 깨달아 갔다. 그동안 술을 같이 마시며 즐거운 듯 어울렸던 그들과 나는 우정을 나눈 것이 아니었다는 것을, 그들의 웃는 겉모습 뒤에는 단지 번지르르한 속물 근성만이 자리했을 뿐이라는 사실을…….

병상에 누워 있던 찰나에도 초조하지 않은 적이 없었다. 그 와중에 아주 어렸을 때부터, 가장 먼 터널 속의 기억들을 끄집어내어 스스로에게 질문을 던져 보았다. 가장 행복했을 때, 가장 즐거웠을 때는 언제였을까? 난 언제부터 방황을 시작했던 걸까? 그리고, 난 왜 그렇게 이리저리 헤매고 돌아다녔던 걸까?

3. 날개 없이 낭떠러지로

인생에 아무 조건 없이 모든 것을 누릴 수 있었던 때가 초등학교 3학년이었다. 나를 움직일 수 있는 것은 단 하나, 바로 '흥미'.

정말 하고 싶어? 매력을 느껴?

이 두 가지라면 무서울 정도로 거기에 몰두했다. '호기심'과 '흥미롭다'는 것은 전혀 다른 말이다. 호기심은 말 그대로 새롭고 신기한 것을 좋아하거나 모르는 것을 알고 싶어 하는 마음이지만, 흥미롭다는 것은 이미 호기심을 넘어 행동으로 옮기고 있는 상태라고 생각한다. 그러니까 '흥을 느끼는 재미가 있다'라는 의미이다. 흥미가 있다와 없다가 명확히 구분되는 삶, 그래서 재미없는 것은 때려 죽여도 하기 싫었다. 그리고 흥미를 느끼는 일은 목숨 걸고 악바리 기질을 발휘해서 기필코 해냈다. 이런 내 흥미를 향한 맹목적인 질주는 어릴 때부터 평범하지 않은 몇 가지의 일화를 남겼다.

어린 시절의 나에게

중환자 침대 위에 누워 있는 내게 스키복을 입고 서 있는 눈이 똘망똘망한 남자아이가 손을 흔들며 외친다.

"뭐라고?"

"저 좀 태워 주세요!"

열 살 때의 내 모습이다. 부모님도 없이 단신으로 스키장을 갔던 기억이 되살아났다.

초등학교 3학년 때부터 나는 동네에서 유명했다. '스키!'라고 하면 자다가도 벌떡 일어났다. 어릴 때 아버지에게 배운 스키가 너무 재미있어서 주말마다 스키장에 가자고 부모님을 졸라 댔었다.

"지난주에도 갔잖아! 이번 주는 아빠도 좀 쉬자."

하지만 난 막무가내였다.

'그래? 엄마 아빠가 안 가면 나 혼자라도 가지 뭐.'

그 어린 나이에 어떻게 그런 생각을 했을까?

여섯 살 때 친구들과 함께 어린이회관에서 스케이트 타는 모습. 오른쪽에서 두 번째가 나.

일요일 새벽 일찍 일어난다. 그리고 스키 장비를 챙긴다. 집을 나선다. 용평스키장까지 가는 셔틀버스가 있기는 하지만 왕복차비가 아까우니 히치하이킹을 한다. 당시 우리 동네에 스키장에 자주 가는 집이 여럿 있으니, 자동차 위에 스키캐리어를 싣고 가는 차들 중 하나를 골라 부탁한다.

이런 계획을 열심히 짠 후 진짜 시도해 보았다.

"아저씨, 어느 스키장 가세요~? 저, 저쪽에 보이는 집에 사는 준형인데요, 저 좀 같이 태워 주시면 안 될까요?"

처음에는 난색을 표하던 동네사람들도 한두 번 계속되다 보니 안면이 있는 어른들은 흔쾌히 나를 태워 주었다. 어차피 가는 길이고 어린아이 혼자 스키 타겠다고 장비 매고 서 있는 게 귀여워 보였는지 모두 거절하지 않았다. 이렇게 어려서부터 누가 도와주지 않아도 흥미를 느끼는 놀이나 운동에는 강한 집념을 보였다.

*

꿈을 꾸듯 귀여웠던 열 살의 내 모습이 사라지고 무뚝뚝한 모습의

어느 겨울, 세 살 때 동네 어귀
눈밭에서 뒹굴던 모습.

〈왼쪽〉 누나가 상 받는 날 따라가서 찍은 다섯 살의 내 모습. 〈오른쪽〉 나는 어려서부터 말 타기를 워낙 좋아했다(다섯 살).

6학년 사내아이가 나타났다. 그래도 그때까지는 귀염성이 있었다. 침대 위에서 나는 건들건들한 그 아이에게 희미한 미소를 보냈다.

초등학교 6학년 마지막 시험은 아예 대놓고 찍어서 전교 꼴찌나 마찬가지로 졸업했다. 이듬해 대청중학교에 입학한 난 급기야 귀여운 대형사고(?)를 쳤다.

"김준형, 앞으로 나와 봐!"

아이쿠, 내가 중학교에 입학하자마자 무슨 사고를 친 걸까? 중간고사 성적표를 나눠 주시던 담임선생님이 큰 소리로 내 이름을 부르셨다.

"여러분, 우리 반에서 전교 2등이 나왔어요! 준형아, 잘했어! 자, 모두 박수~~."

'이게 웬일이람, 에이, 설마? 뭔가 잘못된 거겠지.'

아이들의 박수소리를 뒤로하고 엉거주춤 받아든 내 성적표. 그 종이에는 분명히 전교 등수 칸에 '2'라는 숫자가 선명하게 찍혀 있었다. 자리로 돌아와서도 눈을 뗄 수가 없었다.

'이게 진짜 내 등수 맞아?'

하긴 재미있긴 재미있었다. 공부 말이다. 공부가 재미있다는 말을 그대로 믿을 사람이 몇 명이나 있을까마는 그때는 공부가 나에겐 홍밋거리였다. 미리 밝혀 두건대, 난 절대 공부를 잘하거나 머리가 좋은 사람은 아니다. 초등학교 때와는 다른 중학교 교과목에 홍미를 느꼈고, 신대륙을 발견한 사람처럼 이것저것 모두 재미로 다가갔던 것이다. 하지만 그 재미도 잠시뿐이었다.

홍미와 재미를 탐닉하는 내 기질이 항상 좋은 방향으로 나아갔던 것만은 아니다. 가족의 염려와 걱정을 언제나 매달고 살아야 했던 시기도 있었다. 내 관심은 여자친구에게로 슬슬 쏠리기 시작했다. 대청중학교는 남녀 공학이었기 때문에 이성을 만날 기회도 많았고, 특

LG정유 간부셨던 아버지 회사의
휴양지에서 아버지 외국 친구분과 함께.

히 여학생들이 예쁘기로 소문난 학교였기 때문에 여기저기 놀 기회가 무궁무진했다.

어느 날 초등학교 동창이었던 B가 은근히 나를 졸랐다.

"준형아, 우리 다리 좀 놔 주라. 너희 학교 애들 예쁘잖아. 우리 반이랑 반팅, 어때?"

"알았어, 콜! 걱정하지 마."

그러다 보니 자연스럽게 친구들과 어울려 돌아다니기 시작했고, 술에 대한 유혹도 쉽게 받았다. 게다가 3학년 7반, 우리 반에는 대청중학교에서 둘째가라면 서러워할 '노는 애들'이 대거 포진해 있었

2008년 가족사진.

다. 반장인 나를 비롯해서 부반장, 심지어 선도부까지 노는 애들을 일부러 같은 반으로 몰아넣은 것처럼 모여 있어서 모든 선생님들을 긴장시켰다.

고등학교에 가서도 마찬가지였다. 대학진학률로 이름이 높은 휘문고등학교에서 나는 반 50명 중 40등이었다.

"준형이 너 이리 좀 앉아 봐. 이 성적표, 어떻게 된 건지 말 좀 해 봐."

그날도 친구들과 어울려 놀기 위해 밖으로 나가는 나를 엄마가 참다못해 불러 세우셨다.

"아, 나 좀 가만히 내버려 두라니까! 짜증나!"

"엄마한테 무슨 말버릇이야! 도대체 너 뭐가 되려고 그러니? 그러다가 깡패 할 거야? 넌 무조건 의사 해야 돼!"

"의사는 아무나 해? 내 성적 보고도 아직 상황 파악이 안 돼? 대학이라도 가면 잘 하는 거야. 한 번만 더 의사 얘기 꺼내 봐! 나 없어져 버릴 거야!!"

통제 불능, 나에 대한 제한이나 제약은 어떤 것도 거부했다. 내가 하고 싶은 것을 못하게 막으면 신경질을 부리고 과격하게 흥분했다. 그럴 때는 아버지도 어떻게 할 수가 없었다. 누구도 소용없었다. 부모님의 걱정도, 누나의 애정 어린 충고도 귀에 들어오지 않았다. 내가 노는 것을 방해하는 사람은 모두 적이었다. 나의 적! 난 오로지 이 생각뿐이었다.

'내가 놀고 싶다는데 왜, 왜 방해하는 거야? 공부에 흥미 없다잖아. 그리고 그 의사소리 좀 집어치우시지! 제발 날 몰아세우지 마!'

방황하는 영혼

4대째 내려오는 독실한 기독교 목사 집안, 대기업 다니시는 엄격한 아버지 밑에서 남들만큼 부유하게, 아니 더 풍족하게 살아온 내가 일탈하는 것을 사람들은 이해하지 못했다. 오히려 그런 집안 분위기 때문에 내 마음대로 하지 않으면 못 참는 성격이 되었는지도 모른다. 어려움을 모르고 자란 어린 시절, 의사가 되기를 바라시는 부모님, 그 사이에서 몰아붙이면 붙일수록 난 낭떠러지의 가장자리로 점점 쫓겨 가고 있었던 것이다. 한 희곡작가는 자신의 작품에서 이런 표현을 한 적이 있다.

> "가장 자리로 오라." 그가 말했다.
> "두렵다." 그들이 대꾸했다.
> "가장자리로 오라." 그가 다시 말했다.
> 그는 그들의 등을 밀었고……, 그리하여 그들은 하늘을 날았다.

하지만 나에게 가장자리는 더 이상 물러설 수 없는 숨 막힌 사막과도 같았다. 발 딛을 여유도 없이 밀어붙일수록 가장자리는 날 수 있는 창공의 시작점이 아니라 추락하는 기점이었다.

*

침대 위에서 나는 다시 잠이 들었다가 고등학생 때의 내 모습을 떠올리고 얼굴을 찡그렸다. 그래도 사랑했던 나의 학창시절이여…….
고등학교에 들어가서부터는 일탈의 수위가 점점 높아졌다. 친구들과 어울려 자주 술을 마셨고 강남역과 압구정동의 클럽에 다녔다. 물론 나이도 속였다. 그 당시 100킬로그램의 거구였던 나를 사람들은 미성년자로 보지 않았다. 외모 덕분에 손쉽게 그런 생활을 이어 갔고 그렇게 허송세월을 하다 보니 어느덧 고등학교 3학년이 되었다. 당연히 성적이 좋을 리 없었다. 대학이라는 다음 단계로의 진입을 위해서는 그동안의 유흥업소 출입과 같은 일탈에서 벗어나서 치열한 전쟁터인 학교로 돌아와야 했다.

일반적으로 학교에서는 대학을 갈 수 있는 가능성이 있는 학생들만 관리한다. 노느라 공부에 소홀했던 나는 상위권 대학에 진학할 성적이 되지 못했지만, 내 수준보다 높은 학교를 목표로 공부를 했다. 하지만 보폭이 좁은 사람이 평소보다 빠르고 넓게 걷다 보면 돌부리에 넘어지고 상처가 난다. 어쩌면 처음부터 목표가 잘못됐던 것인지도 모르겠다. 노는 게 최고로 좋았지만, 한때 머리를 삭발하고 공부에 정신을 집중할 때도 있었다. 반 20등까지 올라가기도 했지만 결국 원하던 대학 진학에는 실패하고 말았다. 기대와 현실의 간극은 너무도 컸다.

"너, 어떻게 할 거니?"

불합격 통보를 받은 날, 누나가 물었다.

"뭘 어떻게 해? 내가 뭘 할 수 있겠어? 대학 가는 것밖엔 아무것도 없잖아. 그래도 대학은 나와야지."

무덤덤한 목소리로 자신있게 말했지만 마음을 다잡기가 힘들었다. 한 번 떠난 공부에 대한 의욕이 다시 자리를 잡을 리 만무했다. 대신 '일탈'의 욕구는 좀처럼 가슴 속에서 떠나지를 않았다. 재수를 결심했지만 학업에 전념할 수가 없었다. 하루가 멀다 하고 친구들을 만나고 술을 마셨다. 하루도 정신이 맑은 날이 없었다. 흐리멍덩한 나, 불확실한 미래, 제자리를 맴도는 등급과 성적. 다시 불량 재수생이 되어 있었다.

나는 부모님을 피했다. 마주치면 잔소리 듣는 게 귀찮았다. 외박이 잦았다. 술은 또 다른 나쁜 결과들을 초래했다. 술만 먹었다 하면 싸우기 일쑤였다. 마음에 들지 않는다 싶으면 술자리를 엎어버렸다. 100킬로그램인 나에게 시비를 붙일 사람은 아무도 없었다. 내 모습만 봐도 무서워 뒷걸음질 쳤다.

*

어렴풋이 첫사랑의 아픔이 떠올랐다. 내가 중환자실에서 인생 정리는 확실히 하는 것 같다.

열아홉 나이에, 나는 무용을 전공하는 두 살 위의 여대생을 사귀고 있었다. 첫사랑의 열병을 앓고 있던 그때, 여대생은 느닷없이 이별을 통보해 왔다.

"너 말고 좋아하는 사람이 생겼어. 그만 만나자."

나의 마음은 아랑곳하지 않는 매몰찬 그 누나가 야속했다. 심장이 터져버릴 것 같았다.

'어떻게 하면 누나의 마음을 돌릴 수 있을까? 뭔가 방법이 있을 거야.'

고3 때 나를 가르쳤던 수학 과외 선생에게 조언을 구했다. 과외 선생은 철학을 전공한 괴짜 대학생이었다. 수학 공식보다 니체나 프로이트 같은 어려운 철학자와 심리학자의 이야기를 들려줄 때가 많았다. 나는 볼펜을 내려놓고 가만히 귀 기울여 듣곤 했었다. 답답한 이 마음을 분명 시원하게 해 줄 기대를 안고 말이다.

"누구를 좋아하는 방법엔 여러 가지가 있어. 그냥 무작정 자기의 마음을 보여 주고 표현하는 것도 사랑이지만, 정반대도 있단다. 모래를 한 움큼 쥐어 봐. 어때? 손에 힘을 주면 줄수록 손가락 사이로 모래는 빠져나갈 뿐이야. 사랑도 마찬가지야. 정말 그 사람을 좋아한다면, 그 사람이 원하는 걸 하게끔 도와주는 게 진정한 사랑일 수도 있어. 이미 마음이 떠났다면 네가 아무리 붙잡으려고 해도 계속 빠져나가려고 할 뿐이야. 지금은 어렵겠지만 그대로 놓아줘."

그날, 과외 선생의 이야기는 내 머릿속에 고스란히 박혔다. 그리고 그날 이후 사람 관계에 지치거나 상처 입을 때마다 자주 떠올리고 위안을 받았다.

내가 갖기 위한 사랑이 아니라 줄 수 있는 사랑이라, 이것은 꼭 사랑에만 해당되는 말은 아니었다. 사랑은 잡는다고 오는 게 아니다. 억지로 잡는다고 사랑은 절대 오지 않는다. 서로 교감을 해야지, 한쪽만 원한다고 해서 이루어지는 것이 아니다. 인간관계도 마찬가지다. 나 혼자 줄을 잡아당기면 그냥 뒤로 나자빠질 뿐이다. 서로가 양쪽에서 같은 힘으로 잡아당길 때 평행선을 유지한다.

시간이 걸리기는 했지만 앓던 열병은 과외 선생의 조언 덕분에 그나마 정리할 수 있었다. 아마 오기가 크게 작용했던 것 같다. 다른 일상도 명쾌하게 정리될 수 있었으면 얼마나 좋았겠는가?

그전까지의 삶은 그랬다. 난 손아귀 속 모래였고, 날 움켜쥐고 있는 건 학교, 공부, 부모님이었다. 그렇게 빠져나간 탈출구가 나에겐 일탈이었다. 몰아붙일수록 낭떠러지로 날개 없이 떨어지는 안타까운 시간들의 연속이었다. 돌이켜보면 그랬다. 그러다 운명의 그날이 온 것이었다. 11월 11일 차디찬 새벽이슬에 내 몸이 부서지던 그날이여!

*

나는 눈을 번쩍 떴다. 침대 위다. 하얀 병실, 땀에 흠뻑 젖었다. 나는 스물둘, 나는 지금 살아 있고, 지금부터 무엇을 할 것인가?

4. 기적과 같은 시간

가족들의 사랑

오늘도 중환자실의 '나 안 아파' 할아버지는 의사에게 자신의 상태를 보고하고 있었다. 이틀 전 응급실로 들어온 할아버지는 이런 병원 생활이 어제오늘의 일이 아니라는 듯 '바이탈'이라는 말에 힘주어 의사에게 건장함을 과시했다.

"선상님! 나 바이탈 정상이유. 숨도 이렇게 잘 쉬잖수."

"네, 할아버지. 이렇게 정정하신 걸 보니 다 나으셨네요~."

"그럼 그럼, 그러니까 나 좀 빨리 퇴원시켜 줘! 나 안 아파."

모든 말끝에 붙는 '안 아파요, 안 아파', 그러니 제발 집에 가게 해 달라는 게 할아버지의 소원이었다. 집에 누렁이 밥도 줘야 하고 겨울이긴 하지만 농사일 준비도 해야 하고 경로당에 안 나간 지도 벌써 여러 날이 지났다는 것이다.

중환자실은 하루가 멀다 하고 환자들이 바뀌었다. 운명을 달리했다는 이야기도 된다. 멀쩡히 걸어 나가는 사람은 거의 볼 수 없다. 그러니 다른 침대의 운명을 지켜보는 일도 괴로운 일과 중의 하나다.

오늘로 이곳 중환자실로 온 지도 한 달 반, 그러니까 사고가 난 지 45일 정도가 지났다. 계절은 가을에서 겨울로 접어들었고, 수능은 어느새 끝나 있었으며, 수험생들은 합격자 발표로 들떠 있거나 우울하거나. 크리스마스도 지나고 세상은 2003년 새해를 준비하느라 바삐 돌아간다. 세월은 이렇게 잘 가는데, 침대 위에서의 내 일상은 하나도 변한 게 없다. 그나마 다행인 것은 말을 할 수 있게 되었다는 것이다. 산소호흡기를 떼면서 말이 가능해졌고, 침대 위에서 조금이나마 몸을 움직일 수도 있었다. 하지만 심장은 그대로 주삿바늘에 의존해 있었고 다리도 여전히 매달린 채 날 조롱하듯 조각 나 있었다. 그날도 여느 날처럼 아침에 눈을 떴는데, '안 아파' 할아버지의 침대가 비어 있고 할아버지의 모습은 보이지 않았다. 어머니가 아침을 드시고 병실로 들어오셨다. 안색이 좋지 않았다. 어렵게 입을 떼신 어머니는, 할아버지가 새벽에 돌아가셨다고 했다.

"괜찮아, 큰 고통 없이, '안 아프게' 돌아가셨으니까……."

난 아무 말도 하지 않았는데 어머니가 바로 말을 이으신다.

"우리 아들은 괜찮을 거야. 엄마랑 아빠랑 누나가 이렇게 기도하는데. 씻은 듯이 나을 수 있어."

내가 어떻게 생각할지 내심 걱정이 되셨던 모양이다. 중환자실의 침대 주인이 바뀐 게 하루 이틀 일은 아니지만 할아버지가 돌아가셨다는 말에 내 눈동자가 조금은 떨렸나 보다. 그래도 할아버지는 다른 환자들보다 정정하셨는데, 말씀도 많이 하시고 웃기도 잘 하시고.

고통을 같이 겪고 있는 사람들에게는 암묵적인 동의 같은 것이 있다. 숨소리를 듣는 것만으로도 서로에게 희망을 주기도 한다. 함께 아파하는 이들이 있다는 것은 잔인하지만 축복이기도 하다. 생존 확률이 수술 없이 25퍼센트, 수술을 해도 35퍼센트라는 절망적인 사형선고를 받은 사람에게 하루하루는 얼마나 잔인한가. 그런 사람에게 같은 병동의 환자가 죽었다는 것은 나 역시 그 운명과 다르지 않을 수 있다는 암묵적 메시지이다. 알고 있다. 내가 죽음과 얼마나 가까이 있는지를, 하루하루 느끼는 뼈저린 고통이 그것을 웅변해 준다.

'난 언제까지 이런 주삿바늘을 꽂고 침대 위에서 살아야 하는 걸까? 죽을 때까지? 다리는? 운동은? 내 삶은? 내 인생은? 죽지 않고 생명이 붙어 있는 것만으로도 다행이라고 생각해야 하는 걸까? 아무것도 할 수 없는 이 상태를 감사하고 축복해야 할까?'

수천 번 되묻는 질문들이었다. 정말 살 수 있는지 어머니에게 하루에도 수십 번씩 물어보고 싶었지만, 늘 목까지 차오르는 질문을 꺼낼 수 없었다. 이 질문에 대답할 수 있는 사람은 아무도 없었다.

*

누나는 대학도 휴학하고 병원에서 내 곁을 지켰다. 자고 일어나면 늘 누나를 찾았다. 손가락 하나 까딱할 수 없는 내 몸을 정성스럽게 닦아 주고 미음을 먹여 주었다. 미안하다는 말을 차마 할 수 없을 정도로 누나는 지극정성이었다. 솔직히 사고가 나기 전까지 내가 가족 안의 일원이라는 생각은 하지 못했다. 고등학교 때부터 시작된 일탈은 가족 모두를 힘들게 했다. 부모님은 날 통제할 수 없다고 판단하셨고, 나 역시 애써 가족을 외면하면서 술로 세월을 헛되게 보냈으니까. 하지만 이렇게 누워서 가족들의 얼굴을 대하고 보니 어떤 모습을 하고 있든 간에 내 옆에 있어 줄 사람은 오로지 가족밖에 없다는 생각이 머릿속을 가득 채웠다.

"환자분, 약 투여할 시간입니다."

데메롤(demerol, 마약성 진통제의 일종, 모르핀의 대용약제)을 투약받을 시간이다. 이 약이 없었다면 긴긴 괴로움과 아픔의 시간을 어떻게 견뎌 낼 수 있었을까? 내 몸에 투여되는 여러 가지 약물 중에 가장 강력하고 독이 되는 약이 바로 이것이다. 이 데메롤이 내 근육을 뚫고 들어가면 나는 고통을 잊고 환상의 세계로 빠져든다.

사각 매트리스에서 한 발짝도, 아니 손가락 하나도 움직일 수 없는 상황에서 작은 수증기가 되는 거야. 세포 하나하나가 살아 움직여서 하늘을 나는 거야. 어디든 갈 수 있어.

몸이 푹 꺼져 매트리스 속으로 빨려 들어갔다.

'아, 이대로 죽어도 좋아.'

고통이 얼마나 심한지에 대한 반증이라고나 할까. 극심한 고통은 극한의 희열을 불렀다. 극과 극을 오가는 것은 내 몸뚱이뿐이 아니었다. 정신도 지옥과 천국을 오갔다. 몸은 약으로 고통을 달랬지만 머릿속은 더 복잡해졌다. 나에 대한 원망과 저주, 지난 세월에 대한 후회와 비통함과 서러움 등 여러 가지 감정이 갈피를 잡기 어려울 만큼 이리저리 꼬이고 얽혔다.

세상에서 가장 힘든 일이 나 자신을 용서하는 일이었다. 그건 거울을 똑바로 쳐다볼 줄 알아야 하고 그 안에 들어 있는 내 자신과 정면으로 맞서야 하는 일이었다. 속속들이 검은 속내를 들춰 바깥세상에 내놓는 일이기도 하다. 이런 끔찍한 고통을 받으며 하루하루 나를 이겨 내는 연습을 하고 있었다.

'누구 탓도 아니야, 그냥 이렇게 될 운명이었어. 사고가 났던 그날, 그 시간에 내가 그곳에 없었다고 해도 그다음 날 또 어딘가에서 사고가 났을지도 모를 일이야. 내 잘못이 아니야. 그러니 이만하면 되지 않을까? 이쯤에서 끝내면 어떨까?'

*

겨울의 짧은 해가 제 빛을 소멸해 가고, 흉부외과 중환자실 작은 트리 장식의 불이 그 빛을 이어 반짝거릴 무렵, 병동에 불이 꺼졌다. 그리고 스르르 잠이 들었다.

얼마나 지났을까? 나는 집채만한 백호와 혈투를 벌이고 그 위에 올라타서 목을 죄어 누르려고 온 힘을 다 쏟았다. 그런데 등이 너무 뜨거워 소리를 지르고 싶었다.

'앗, 뜨거워! 이거 뭐야! 병동에 불이라도 났나?'

너무 뜨거워 몸을 일으켰다.

'어라, 몸이, 몸이 내 맘대로 움직이네.'

뒤를 돌아보니 무대 위 한 사람만을 비추는 핀 조명처럼 커다란 불빛이 등 뒤에서 나를 내리쬐고 있다. 잠들기 전 잠깐 본 겨울 햇살 같기도 하다.

'아, 여기가 어디지?'

주위를 둘러봐도 아무도 없다. 그런데 누군가 날 부르는 소리가 있다. 아버지 목소리 같기도 하다.

"준형아."

"누, 누구세요?"

목소리가 나는 쪽으로 고개를 돌렸다. 너무 밝아서 앞을 볼 수가 없다. 손으로 빛을 가리고 안간힘을 써서 보려고 눈을 다시 떴다. 그리고 주문을 외웠다.

'조금만 조금만 약하게 날 비춰 줘.'

빛이 잦아들자 손을 내리고 바라본 그곳에는 하얀 옷을 입은 분이 서 계셨다. 아, 내가 익히 알고 또 애써 외면했던 예수님이다.

"절 데려가시려고요?"

예수님께서 두 팔을 크게 벌리시고는 나를 등 뒤에서 따뜻하게 안아 주셨다.

"준형아, 이제 됐다. 그만 일어나거라."

그런데 너무 뜨겁다. 불구덩이에 뛰어든 것처럼 너무 아프다!

기적처럼 심장이 회복되다

"앗! 너무 뜨거워!!"

타는 듯한 갈증으로 눈을 떴다. 늘 보이던 풍경이 눈앞에 들어왔다. 병실의 천장, 아직 반짝이는 트리 장식, 그리고 내 오른쪽 다리.

'휴, 꿈이었구나.'

등에서 식은땀이 난다. 이상한 꿈을 꾼 후 하루 종일 기분이 묘하다. 아직도 등 뒤가 불에 덴 것처럼 뜨겁기도 하고 자꾸 목이 타고 눈앞이 흐리다.

"괜찮아? 왜 그래?"

침대 시트를 끌어올리며 걱정스럽게 바라보시는 어머니의 눈길이 애처롭다.

"아, 아냐. 아무것도. 그냥 꿈을 꿨어."

창밖에 눈이 내리는 듯하다. 등 뒤가 뜨거운 것도 조금씩 사라져 간다. 이것은 무슨 꿈일까? 정말 이제 다른 곳으로 떠나야 할 때가 왔다는 것인가? 어머니에게는 말할 수 없다. 행여 안 좋은 징조라고 여기시면 마음 쓰실 게 분명하니까.

오후가 되자 정기회진차 담당의 왕영필 교수님이 병실을 찾았다.

"김준형 씨, 오늘 기분 좀 어때요?"

"네, 괜찮습니다."

언제나 내 기분과 상태부터 물어봐 주시는 교수님. 늘 하던 대로 간호사와 함께 내 상태를 차트에 기록하던 교수님께서 갑자기 눈을 찡그리신다. 평소와는 다르게 점검하는 게 더 많다. 시간도 오래 걸린다. 뭐라도 잘못됐나?

"준형 씨, 어제 뭐 특별히 먹은 게 있어요?"

"아, 아니요."

고개를 갸우뚱하시는 교수님.

"간호사, 김준형 씨 언제 체크했었지?"

"어제 교수님과 오후 정기회진 온 게 마지막이었습니다."

약간의 어색한 침묵이 흘렀다.

'도대체 왜 그러시는 거지? 더 나빠지지만 않았으면…….'

아픈 심장이 두방망이질치기 시작한다.

"흠, 이걸 어떻게 설명해야 할지 모르겠어요. 나도 지금 좀 얼떨떨한데, 더 정밀한 검사를 해 봐야겠지만 김준형 씨 심장이 매우 호전되었습니다."

'뭐라고? 내 심장이, 대동맥이 호전됐다고? 이것도 꿈인가?'

어머니가 놀라서 교수님께 바짝 다가가셨다.

"이게 일시적인 것만 아니라면, 의학적 소견으로는 현재 김준형 씨 심장박리증은 나은 상태입니다. 일단 정밀검사를 해 보도록 하지요."

'뭐라고? 정말 수술 없이 나았다고?'

좋아졌다는 이야기를 듣고도 뭔가 잘못된 게 아닐까 의심이 갔다. 여러 가지 검사가 이어졌다. 불완전한 다리로 검사실 이곳저곳을 돌아다녔다. 검사가 끝나고도 한참 후에야 담당의사가 가족들을 방으로 불렀다.

"정말 신기한 일입니다. 하루아침에 이렇게 상태가 좋아질 수 있다니, 저도 의사지만 기적이라고밖에 말할 수 없군요. 분명 이것은 인간의 힘이 아닌 것 같습니다."

그날을 어떻게 잊을 수 있을까? 그 말을 듣자마자 어머니는 교수님 앞에서 이렇게 외쳤다.

"할렐루야! 감사합니다."

그렇다. 믿을 수 없는 일이 일어났다. 내 몸의 피가 누구에 의해서도 아니고, 약에 의해서도 아닌 내 의지대로 돌아가고 있는 것이다. 뜨거운 피가 내 안에서 힘차게 돌고 있었다! 어머니에게 어제 내가 꾼 꿈을 말해야겠다고 생각했다.

"사실은, 어젯밤 예수님께서 나타나셔서 저에게 이제 일어나라고 하셨어요."

나는 내가 겪었던 그 일을 최대한 소상하게 말씀드렸다. 어머니는 그 이야기를 듣더니 목이 메어 말을 제대로 못하셨다.

"하느님 아버지, 감사합니다. 하느님 아버지, 감사합니다. 하느님께서 널 거두어 주셨어. 우리 아들을 살려 주셨어."

나의 할아버지, 김형태 목사님

사고가 나고 얼마 되지 않아 일가친지들이 차례로 와서 예배를 드리고 많은 기도를 해 주셨다. 심장이 호전됐다는 소식을 듣자마자 내게

재활여행 중 예수님이 태어나신 이스라엘 예루살렘 마굿간에서 간절히 기도하는 나.

기도를 해 주셨던 친지들의 얼굴이 하나둘 스쳐 지나갔다. 이것은 하룻밤 꿈으로 치부하기에는 너무도 명확한 성령의 역사이다. 그동안 대대로 쌓은 집안의 '기도의 힘'으로 내가 다시 태어난 거라고, 식구들은 지금도 누누이 이야기한다. 정녕 나도 그 말씀을 믿는다.

우리 집안은 4대째 내려오는 목사 집안이다. 그 역사는 지금으로 부터 100년도 훨씬 넘는 시대로 거슬러 올라가야 한다. 1대 김영옥 목사님, 2대 김은석 목사님, 3대 김형칠, 김형일, 김형태, 김형달, 김형숙 목사님, 그리고 4대 김형규, 김대규 목사님까지 4대에 걸쳐 10여 명이 목회자 삶을 걷는 하느님의 은총으로 가득한 가정, 김형칠 목사님이 바로 친할아버지시다.

그중에 고조할아버지인 김영옥 목사님은 한국 초대 교회인 솔내교회에서 1885년 미국 장로교 초대 선교사 언더우드 목사에게서 세례를 받고 기독교인이 되셨다. 한국 교회의 최초의 신학교라 할 수 있는 '훈련반'에서 교육을 받고 목회자의 길로 들어서셨다.

그리고 증조할아버지이신 김은석 목사님은 평양신학교를 졸업하여 경북 풍기교회 목사로 시무하시다가 일본 나고야 서부한인교회 목사로 가셨는데 독립운동으로 1년 반 동안 옥고를 치르셨다. 건국포장까지 받으신 애국지사이시다.

이 두 분이 기독교적 삶을 살아오시며 거쳐 온 솔내교회, 연동교회, 안동교회, 대구제일교회, 경주제일교회, 포항교회, 풍기 성내교회 등은 한국의 교회사에서 의미가 깊고 한국 교회 성장에 깊이 관여되어 있다.

나의 작은할아버지이신 김형태 목사님은 연동교회 담임목사로 24

년 동안 복음 전파를 위해 애쓰신 분이다. 연동교회는 1894년 미국 장로교 모삼열 선교사와 고조할아버지 김영옥 조사의 서울 종로4, 5 가에서의 노방전도로 예수를 믿게 된 신도들이 연못골에서 모여 시작한 교회인데, 현재 120년의 역사를 자랑하는 우리나라 교회의 살아 있는 증거이다.

이렇게 한국 교회의 태동과 함께 시작된 우리 집안의 신앙 덕분에 내 몸이 회복됐다고밖에 달리 설명할 방법이 없다. 길 잃은 어린 양을 구원해 주신 하느님께 지금도 늘 감사드린다.

날 기도로써 살리시겠다는 어머니와 가족들의 절대적 믿음, 그것은 피눈물 나는 처절한 싸움이었다. 이 이야기를 믿지 못하는 사람들도 있을 것이다. 기적이 내 눈앞에 펼쳐진 느낌을 어떻게 말로 설명할 수 있을까? 다만 내 몸이 깃털처럼 가벼워짐과 동시에 무시무시한 전신갑주를 걸친 상태를, 실 한 가닥도 몸속으로 뚫고 들어오지

할아버지 김형태 목사님. 24년간 연동교회에서
담임목사로 시무하시다 지금은 원로목사로 계신다.

못할 정도의 억센 느낌을 무엇으로 표현할 수 있을까? 가벼워진 마음과 강인해진 정신이 동시에 내 몸속으로 들어온 기운을.

세상을 보는 데에는 2가지 방법이 있다고 한다. 모든 만남을 우연으로 보는 것과 기적으로 보는 것. 아인슈타인의 이 말에 동의한다. 하지만 나는 이 모든 것들이 우연이 아니라 기적이라고 믿는다. 어떻게 보면 사고가 났던 것도, 그렇게 아파해야 했던 것도, 그리고 기적처럼 나은 것도 모두 기적이라고 표현할 수밖에 없지 않을까. 그리고 그 기적을 터닝 포인트라는 단어로 바꿔 보면 어떨까. 우리에게 주어지는 모든 일들이 기적 같은 기회이며, 그것을 알아보는 사람만이 앞으로 나아갈 수 있다. 너무 극단적인 방법으로 기회의 얼굴을 만났지만 고통을 이겨 낸 그 끝에는 기적이라는 큰 산이 버티고 있었다. 내 인생의 첫 번째 기적, 아니 첫 번째 터닝 포인트는 그렇게 찾아왔다.

STEP 3
두 번째 인생

1. 핸디캡을 얻다

다리 수술이 성공하다

몸이 근질근질해서 도무지 가만히 있지를 못하겠다. 도대체 시간이
얼마나 흐른 걸까? 기적적으로 심장이 호전되고 며칠 후 중환자실에
서 일반 병동으로 옮겨졌다. 생사를 넘나들던 게 바로 엊그제 같았는
데, 일반 병실에서 지낼 수 있게 되다니 감개가 무량했다.

'주님, 감사합니다. 하지만 나의 오른 다리는……'

심장 치료에 온갖 신경을 곤두세우느라 수술이 보류된 다리. 목숨
을 건졌다는 사실만으로 감격에 겨워 모두들 잠시 잊고 지냈던 나의
오른쪽 다리. 들것에 실려 병원에 온 뒤 희미하게나마 의식을 회복한
뒤 주치의로부터 들었던 이야기를 똑똑히 기억하고 있었다.

'환자분 다리는 몹시 안 좋은 상태입니다. 수술을 하더라도 정상
적인 활동이나 운동은 불가능할 수 있고, 최악의 경우에는 다리를 절
단하게 될 것입니다.'

*

일반 병실로 나오자, 어쩔 수 없이 미뤄 두었던 다리 접합수술을 하루라도 빨리 서두르고 싶었다. 하지만 역시 심장이 문제였다. 수술을 하려면 전신마취를 해야 하는데, 이때 심장 기능이 갑자기 저하되면 위급 상황이 발생할 수도 있기 때문이었다. 병원 측으로부터 이런 위험성을 여러 차례 경고 받은 터라 가족들은 선뜻 수술에 대한 이야기를 꺼내지 못하고 망설이기만 했다.

"견뎌 보겠습니다. 다리 수술을 서둘러 주십시오."

어떤 용기에서일까? 나의 요청에 의해 수술 날짜가 결정되자 부모님은 안절부절못하셨다.

사고 후 60일간 조각조각 부러진 채 매달아 두었던 다리를 붙이는 수술이 드디어 시작되었다. 수술은 예상보다 훨씬 힘든 싸움이었다. 8시간 예정의 수술이 이미 11시간을 경과하고 있었다. 오른쪽 하지 골절 접합수술에는 긴뼈를 지지하는 직사각형 모양의 3개의 커다란 플레이트와 50개 이상의 볼트가 사용되었다. 집도의를 비롯한 수많은 수술진은 고도의 집중력으로 최선을 다하고 있었고, 수술실 밖에서는 가족들이 거의 초죽음 상태로 기다리고 있었다.

"주님, 우리 준형이를 지켜 주세요. 수술이 성공적으로 이루어질 수 있게 주님께서 함께하여 주세요."

"오오, 주여, 준형이가 큰 탈 없이 수술실에서 살아나올 수 있도록 목숨만은 지켜 주세요. 다리를 절게 된다 해도 달게 받아들이겠습니다, 흑흑."

얼마나 지났을까? 전광판에 내 수술이 끝났다는 불이 들어왔다.

가족들은 벌떡 일어서 수술실 앞으로 다가섰다. 잠시 후 집도의가 나와 가족들에게 기쁜 소식을 전해 주었다.

"오래 기다리셨습니다. 준형 군의 수술은 성공적입니다. 하지만 100퍼센트 완벽하게 걸을 수 있을지는 아직 미지수입니다. 아마 제대로 걸을 수 있기까지는 6개월 정도가 걸릴 겁니다. 보름 후 상태를 봐서 재활치료에 들어가도록 하지요."

부모님은 내가 살아 있고 또 수술이 잘 됐다는 소식에, 의사 선생님의 손을 부여잡고 한동안 감사의 눈물을 흘리셨다.

오랜 대수술과 긴 잠 후에 나는 천만다행으로 좋은 소식을 들을 수 있었다. 아직은 온몸이 나른하고 다리는 묵직했지만, 마음만은 하늘을 나를 것처럼 가벼웠다.

'야호, 내가 걸을 수 있다고?'

수술을 앞두고 여간 불안하지 않았던 나는, 며칠 밤낮을 쉬지 않고 기도하며 '나는 분명 걸을 수 있어'라는 희망을 한순간도 버리지 않았는데, 그 인내와 믿음에 보답을 받은 것 같았다.

'그래, 이제 내 몸은 더 이상 나 혼자만의 것이 아니야. 부모님의 마음을 더 이상 아프게 해 드리고 싶지 않아. 내 몸 하나하나가 얼마나 귀한 건지 이제 깨달았냐, 김준형! 너는 이제 다시 태어난 거야.'

부모님의 걱정과 사랑 덕분에 스스로도 기특하게 여길 정도로 변화된 나를 돌아보고, 홀로 감격과 감사의 시간을 음미했다. 오른쪽 다리를 절단하지 않고 두 다리로 멀쩡하게 걸을 수 있다고 생각하자, 벌써 몸이 다 나은 것 같았다. 그리고 갑자기 하고 싶은 일이 많아졌다. 그동안 하지 못했던 계획들이 여기저기서 용솟음치듯 생각났다.

무슨 일부터 할까? 해야 할 일이 너무 많다. 아아, 하고 싶은 것이 너무 많아.

재활치료에 도전하다

다리가 제대로 잘 붙기를 기다리며 재활치료를 앞두고 침대에서의 지루한 버티기 시간이 시작되었다. 하지만 예전처럼 희망 없는 지옥과 같은 '시간 죽이기' 고역은 아니었다. 나에게는 미래가 있다. 나는 재활치료를 끝낸 뒤 처음으로 두 다리를 얻은 아이처럼, 세상에 첫발을 딛고 멋진 생활을 시작하게 될 것이다.

다리 수술 후 보름이 지나자, 병실 창밖은 하루가 다르게 봄기운이 돌았다. 파릇한 새순이 뾰족하게 세상을 향해 나오던 어느 봄날, 첫 번째 재활치료가 시작됐다. 다리의 붓기도 어느 정도 빠지고 상처도 아물어서 재활치료를 시작해도 좋다는 주치의의 허락이 떨어졌다.

"전 오늘 당장이라도 걸을 수 있어요. 한번 시켜봐 주세요."

솔직히 말하면 하루라도 빨리 시작하고 싶다고 매일매일 끈덕지게 조른 결과였다. 처음에는 완강히 거절하시더니 이젠 내 고집을 못 꺾는다는 것을 아셨는지 결단을 내려 주셨다.

휠체어에 앉은 내 모습은 우스꽝스러웠다. 접합한 모양 그대로 다리가 아물 수 있도록 오른쪽 오금에 부목을 대 놓은 상태라 다리를 구부릴 수가 없었다. 하얀 붕대를 두껍게 감은 채 앞으로 뻣뻣하게 뻗은 다리 밑에서 드디어 부목을 떼어 냈다.

"환자분, 자아, 천천히 한번 구부려 보세요. 하나아, 두울⋯⋯."

잔뜩 긴장한 탓에 온몸이 땀으로 범벅이 되었지만 기분만은 상쾌
했다.

*

거의 80일 만의 일이었다. 사고 이후 침대에만 매달려 있던 다리이
다. 수술 후 한 번도 구부려 본 적이 없는 다리를 이제 처음 구부려
보려 한다. 걷고 달리고 계단을 오르내리던 다리, 스키를 타고 축구
를 하며 맘껏 움직였던 그 다리를, 이제 다시 굽히기만 하는 건데 휴,
그게 이렇게 어렵다니. 살이 찢겨나가는 것같이 고통스럽다. 90도로
구부려야 하는데, 아주 조금밖에 구부리지 못했다.

재활치료사가 다시 한번 해 보라고 고개를 끄덕였다. 이를 악물고
다시 힘을 주었다. 다리가 아니라 오히려 두 팔에 힘이 잔뜩 들어갔
다. 옆에서 내 팔을 부축하고 있는 누나도 자신의 다리를 구부리는
것마냥 애를 쓰고 있었다. 한 줄기 땀이 등줄기를 타고 주르륵 흘러
내렸다. 처음보다는 나아졌지만, 그래도 완벽히 구부리는 데는 실패
했다.

"오늘은 첫날이니까 이 정도만 해도 충분할 것 같아요. 환자분의
의지력이 강하시네요. 보통 아예 첫날은 구부리지도 못하는데, 그래
도 성공하셨어요. 운동신경도 좋고, 앞으로 꾸준히 하면 빨리 완쾌할
수 있을 거예요."

다음날에도 나는 휠체어를 타고 재활치료실로 와서 열심히 연습을
했다. 첫날 성공하지 못한 다리 구부리기를 계속하는 한편, 목발을
짚고 왼쪽 다리로 걷는 연습도 시도해 보았다. 단순하고 반복적인 일

이었지만, 나에게는 희망이 있었기 때문에 지겹거나 귀찮지 않았다. 전신이 땀에 푹 절을 정도로 용을 쓴 탓에 시간이 지날수록 나는 점점 다리를 잘 구부렸고, 어느 날엔가는 기역자 모양으로 다리를 완벽하게 굽힐 수 있었다.

잘했다는 칭찬을 듣자 의욕이 솟구쳤다. 금세 목발을 내던지고 두 발로 걷게 되는 게 아닐까 하는 상상에 빠지곤 했다. 얼마 지나지 않아 재활치료사는 나에게 집에서 통원치료를 받아도 된다고 말했다.

"대신 꼬박꼬박 정기적으로 와서 열 달은 치료 받으셔야 해요. 알았죠?"

아, 이제 퇴원해도 괜찮다는 말인가?

앞으로 열 달 동안 치료가 더 남았다는 말보다 이제 이 지긋지긋한 병원을 나설 수 있다는 말에 기분이 날아갈 것 같았다. 석 달 동안 입원 생활을 하고 났더니, 병원밥과 약품 냄새, 흰 침대시트 이런 것들은 영원히 정들고 싶지 않은 품목이 되어 버렸다.

겨우 퇴원은 했지만

2월의 바람은 싸늘했다. 차디찬 이 바람은 나의 퇴원을 축하하기 위해 하느님께서 보내신 메시지인가. 옷깃을 여몄다.

'아, 벌써 해가 바뀌었구나. 그래, 작년에 결국 수능을 못 보고 말았지.'

집으로 돌아오는 길에 바라본 차창 밖 풍경은 교통사고가 나기 전이나 매 한 가지였다. 복잡한 도로, 시끌벅적한 차들의 경적소리, 매캐한 매연 냄새, 무표정하게 바쁜 사람들, 그리고 찬란한 태양까지 모두가 그대로였다. 나 홀로 다시는 돌아오지 못할 먼 곳을 여행하고 온 느낌이다. 아직도 생사의 경계에 아슬아슬하게 서 있는 것처럼, 어디에도 속해 있지 않은 이방인처럼 생경한 나. 세상은 나를 반겨 맞아 주지 않는 것 같다. 그래서인지 모두가 익숙하면서도 낯설기만 하다.

"이게 꿈인지 생신지……."

집으로 돌아오자마자 어머니께서는 또 훌쩍이신다. 나는 말없이 목발에 의지해 거실을 둘러보다 내 방으로 들어가 보았다. 몇 달 만인가. 깨끗이 닦여 있는 책상 위에 가지런히 놓여 있는 수험서들. 그 곳에는 세월이 멈춰져 있었다.

'삼수생이었는데, 아아, 이제 장수생의 대열에 끼고 마는가.'

구사일생으로 목숨을 건져 돌아왔다는 환희보다 나를 강하게 짓눌렀던 것은 앞으로의 계획이었다. '수능을 다시 준비해야 하나' 하는 생각이 들자 머리가 지끈거렸다. 그런데 내게는 당장 해야 할 일이 있잖은가. 열 달 동안의 재활치료.

'그래, 나에게 딱 열 달만 더 시간을 주자. 조금만 더 나를 용서해 보도록 하자.'

*

앞으로 열 달간 아기처럼 걸음마 연습을 해야 한다. 어차피 해야 할 연습이라면 나답게 할 수 있는 방법은 없을까? 음, 나는 좀 더 자유롭고 재미있게 재활치료를 하고 싶다. 나는 나의 다리를 재활하고 또 나의 마음과 영혼도 재활하고 싶었다. 장애가 있는 다리를 원상태로 회복하는 것과 함께, 병들었던 나의 정신세계도 다시 멋지게 색칠하고 싶었다. 예전에 아버지가 사 주신 지구본을 휙 돌려 보았다. 오대양 육대주가 내 눈앞에서 빙그르르 돌아간다. 한참을 들여다보다가 나는 어머니에게 다가갔다. 목발 소리에 어머니가 내게 얼굴을 돌리셨다.

"아까워요."

"아까워? 뭐가?"

앞뒤 설명도 없이 뜬금없이 내뱉는 나를 어머니는 걱정스레 쳐다보셨다.

"시간이 너무 아까워요. 열 달이나 다시 병원을 왔다 갔다 해야 하잖아요. 답답한 재활치료실에서 더구나 다른 사람들 틈에서 한 발 떼고 두 발 떼는 그런 연습은 하기 싫다고요."

"그럼 대체 어쩌려고? 지금 네 다리를 봐라. 병원에서 하라는 대로 해야지, 재활치료를 안 하겠다는 얘기냐?"

또 내가 무슨 사고라도 칠까 봐 염려가 되셨는지 어머니의 목소리가 가늘게 떨렸다.

"재활치료를 안 하긴 왜 안 해요? 여행 가서 할게요. 여행이라기보다 그동안 내가 안 가 본 나라들을 두 발로 걸어 보고 싶어요. 그러면서 새로운 경험도 쌓고……. 걸어서 여행을 하면 병원에서 하는 재활치료와 비슷할 거예요. 아니, 어쩌면 더 잘할 수 있을지도 몰라요."

갓 퇴원한 아들이 태평스럽게 둘러대는 모습에 기가 막힌 어머니는 목발만 쳐다보고 한동안 말씀을 안 하셨다. 내 발상이 대담할 가치조차 없다고 느끼셨는지도 모르겠다. 어머니는 땅이 꺼질 듯 깊은 한숨으로 입을 여셨다.

"휴우, 너 또 시작이구나."

"아냐, 엄마, 제멋대로 하려는 거 아녜요. 이번엔 절대 아니라고요. 절 좀 믿어 주세요. 이번 열 달이 제게 주어진 정말 소중한 기회라는 생각이 들어서 그래요."

"알았다, 알았어. 더 이상 너한테 뭘 어떻게 하라는 게 욕심이지. 이젠 다 내려놓아야지 하면서도 그게 잘 안 되는구나. 너도 다 컸는데 네가 알아서 하겠지 믿어야지. 이렇게 살아 있다는 것만으로도 감사한 일인데 말이다. 네가 기적적으로 회복되었을 때, 엄만 너에 대해 욕심 안 부리겠다고 스스로 다짐했으니까……."

어머니는 자포자기한 듯 말을 맺지 못하셨고, 그윽한 눈망울에는 물기가 촉촉할 뿐이었다.

"엄마, 걱정 마세요. 못 가 본 곳을 이참에 한번 다녀 보고 싶은 것뿐이에요. 병원에 죽치고 있으면 아마 답답해서 병이 도질지도 몰라요."

내가 하지기능장애라니?

다행이 어머니는 나의 해외여행에 동의해 주셨다. 단, 다리 구부리기가 자연스럽게 되고 목발을 짚고서라도 자유롭게 혼자 걸을 수 있게 될 때까지는 집에서 병원을 오가며 치료를 받기로 약속했다. 성치 않은 다리로 목발을 짚고 혼자서 세계를 돌아다니는 것이 얼마나 큰 위험부담이 따르는지 불 보듯 빤했지만, 가족들은 나의 고집을 꺾지 못했다. 아마도 내 사정을 아는 사람들은 미쳤다고 손가락질하겠지.

아아, 자식을 내려놓고 마음을 비우기까지 부모님은 얼마나 많은 고통과 시련의 시간을 보내셨을까? 그래서 나는 더더욱 열 달의 시간을 새로운 창조의 시간으로 만들고 싶었던 것이다.

얌전히 집에서 통원하며 재활치료를 받으면서 입시 공부에 다시 매진할 수도 있을 것이다. 아니면 회복 상태를 지켜보며 운동을 하거나 아르바이트를 하면서 돈을 벌 수도 있을 것이다. 아니면 아예 취업전선에 뛰어들어 착실하게 사회 경험을 쌓으며 착한 아들로 효도할 수도 있을 것이다. 이처럼 내 앞에는 수많은 선택의 기회가 있다.

나는 신중하고 싶었다. 내 나이 스물셋, 내가 정말 원하는 삶은 무엇일까? 여행을 떠나면 그만큼 입시 공부든 사회 적응이든 뒤처질 것이다. 그리고 이미 나는 사고가 나기 전에도 수많은 시간을 허비했다. 이번에 여행을 다녀온다고 해서 내 인생이 크게 바뀌지는 않을 것이다. 하지만 나는 지금 당장 나를 둘러싼 환경을 변화시키고 싶었고, 새로운 세계에 도전하고 싶었다.

비록 부자유한 몸이었지만 나의 몸이 간절히 자유로운 세상으로 내달리고 싶어 했다. 비록 불편한 다리를 가졌기에 위험한 선택이었지만 나는 내 몸이 원하는 바대로 충실히 따르기로 했다.

*

하루 빨리 여행을 떠날 수 있기를 바라며, 재활치료에 온 힘을 기울였다. 누나는 학교 공부에 바쁘면서도 병원을 오갈 때는 항상 옆에 있어 주었다. 집에서도 직각으로 다리 구부리기 연습을 꾸준히 했다. 다리에 통증이 오면, 뜨거운 물에 발을 담그고 근육을 풀었다. 그러면 움직이기가 훨씬 수월했다. 자연스럽게 다리를 굽힐 수 있게 되기까지는 두 달이 걸렸다.

그다음에는 앉았다 일어서기를 반복하고 목발을 짚지 않고 걷는 연습을 했다. 가끔은 집에서 가까운 수영장에 가서 물속에서 걷기를 시도해 보았다. 물속에서 걷는 것은 부드럽고 기분이 좋았다. 하지만 지상에서보다 더 많은 힘이 필요했다. 근육 강화에 도움이 될 거란 생각이 들자 나는 더 자주 물속에서 걷는 연습을 했다.

'주님, 제게 다리를 주셨으니, 움직이는 능력도 주십시오.'

때때로 다리가 말을 듣지 않을 때면 절망 속에서도 나는 기도를 했다. 신이 주신 인간의 능력은 무한대라고 믿으며 내가 못할 것은 없으리라고 생각했다. 열심히 연습을 했지만 처음 6개월 동안은 제대로 걸을 수 없었다.

*

'하지기능장애 5급, 심장장애 3급.'

나는 있는 힘을 다해 재활치료에 임했지만, 주치의는 내가 평생 정상적인 다리를 갖고 살 수 없을 거라고 했다. 한 다리는, 완전마비로 전혀 움직일 수 없는 사람(근력등급 0, 1)으로 판정을 받았던 것이다. 팔이나 다리가 없는 사람이 받는 등급이 3등급이라는데, 겉으로는 멀쩡해 보이는 내 몸이 문제가 크긴 큰 모양이다.

'내가 장애인이라니……'

예상은 했지만 막상 장애 판정을 받고 보니 설움이 복받쳤다. 더 이상 나는 마음껏 달릴 수 없는 것인가? 무지막지한 사고를 당하고도 목숨을 건지고 다리를 자르지 않게 된 것만 해도 감사해야 할 마당에, 의족을 하지 않고도 목발을 짚으며 보행 연습을 잘 하고 있는 현재의 상황에 만족해야 하는데, 난 이제 기억자로도 다리를 잘 구부릴 수 있는데…….

여러 가지 말로 나를 위로했다. 정말 내게는 감사할 일만 남은 것이 맞다.

공항에서 던져버린 목발

바람이 점점 뜨거워지자 나는 더 이상 여행을 미룰 수 없다고 판단했다. 완벽하지는 않지만 뒤뚱거리며 걸을 수 있는 다리가 제법 대견했다. 아직 목발을 의지해야 하지만 혼자서 공간 이동을 할 수 있다는 사실이 꽤 흡족했다. 기억자로 다리 굽히기도 수월하게 할 수 있다. 조금만 신경을 쓴다면 계단 오르내리기도 충분히 할 수 있을 정도이다. 술에 취하고 허무한 우정에 기대어 헛되이 보냈던 세월은 거의 잊었다. 지금 나는 홀로 서 있다. 나는 새로운 나와 마주할 준비가 되어 있다.

*

5월 어느 날, 무작정 비행기 티켓을 끊고, 갈아입을 옷 몇 벌만 챙긴 채 절룩거리는 다리를 끌고 공항으로 향했다.

"너 정말 괜찮겠니?"

공항에 따라 나온 누나는 여전히 걱정스러운 눈빛을 보냈다. 일곱 조각 난 다리뼈를 수십 개의 볼트로 조이고 재활을 시작한 지 석 달 만에 외지로 홀로 떠난다 하니 한숨이 절로 나올 터였지만, 누가 내 고집을 꺾겠는가.

"누나, 잘 다녀올게. 나에게 누나 같은 누나가 있어 줘서 정말 고마워. 종종 연락할게."

누나는 내게 책 한 권을 들려 주었다. 여행자의 바이블이라 불리는 『론리 플래닛(이탈리아 편)』. 초행길의 두려움과 서툰 영어의 불안감을 덜 수 있기를 바랐을 것이다.

"내가 가족 대표로 나온 거 알지?"

아버지와 어머니가 어떤 마음이신지는 알겠다. 목발에 의지한 채 홀로 떠나는 나를 말리지도 못하고, 잘 다녀오라는 말도 할 수 없는 부모님의 심정을 말이다. 누나에게 잘 갔다오겠다고 인사를 한 뒤, 우리는 퇴근 후 곧 볼 사람들처럼 그렇게 헤어졌다. 검색대를 통과하고 게이트를 향해 걷다가 문득 목발을 쳐다봤다.

'이걸 어쩐다?'

잠시 망설이던 나는, 퇴원 후 지금까지 재활치료하는 동안 나의 발이 되어 주었던, 하루도 손에서 놓지 않았던 때 묻은 정든 목발을 쓰레기통에 던져버렸다.

'김준형, 너 후회 안 하지? 잘할 수 있지?'

목발 없이 걷자니 허전하고 불안하다. 하지만 계속 가지고 다니면 여행하는 동안 내 마음이 약해질지도 모른다는 생각이 가득했다.

기내에서 누나가 준 책을 펼쳐 보았다. 영어회화를 잘 하지 못했던 나에게도 책에 실린 단어와 문장들은 매우 친근하게 다가왔다. 내가 꾸린 짐은 이 책 1권과 갈아입을 옷이 든 배낭 1개가 전부이다. 걷기 연습이 힘들까 봐 나름대로 머리를 짜내서 최대한 짐을 가볍게 꾸렸다. 이제부터 모든 것은 나의 의지에 달려 있다. 나에게 주어진 모든 시간은 나의 통제하에 있다. 지금 이 순간부터 거듭나기 위한 전투가 시작된 것이다. 이 여행은 내가 스스로에게 던진 숙제이자, 내게 내민 화해의 악수이다.

'나는 할 수 있다! 주가 나를 지키시리.'

강한 자기 암시와 기도로 그동안 내가 저지른 과오를 씻기 위한 첫 발자국을 떼려 한다. 내가 내게 책임을 질 수 있을 때 오히려 자유로워질 것이다. 눈물이 마를 날 없었던 가족을 뒤로하고 나선 이 여행에 주님의 가호가 함께하기를 빌 뿐이다.

'내 두 다리로 세계를 걸어 주마.'

내가 처음 발을 디딘 곳은 바로 이탈리아 로마였다!

2. 세계, 두 발로 걷다

이탈리아에서 터득한 걷기 기술

책을 뒤적이며 로마에 도착하면 어디에서 묵을지 궁리하다가 잠이 들었는데, 눈을 뜨니 구름 사이로 여명이 밝아온다. 약간의 한기를 느끼며 신세계로의 설렘과 기대를 안고 비행기 트랩을 내렸다. 목발이 없으니 좀 불편하기는 했다. 절룩거리는 모습이 유난히 눈에 띄는 것은 아닌지 진땀이 흘렀다.

'나는 할 수 있어. 점점 나아질 거라고 믿는다. 내 오른 다리야, 너만 믿는다.'

첫 열흘은 인터내셔널 게스트하우스에 머물며 로마 시내를 누볐다. 이탈리아에서 가장 먼저 내 눈을 사로잡은 것은, 오랜 역사를 자랑하는 성당이나 미술관과 같은 유서 깊은 유적이 아니었다. 사로잡았다기보다는 나의 눈을 뗄 수 없게 만든 것은 다름 아닌 도로였다. 로마는 도시 전체가 세계문화유산이나 다름없기 때문에, 도로 역시 옛 모습 그대로를 유지하고 있다. 그런데 바로 그 점이 나를 매우 곤혹스럽게 했다.

로마의 도로는 곳곳이 돌길이다. 정사각형의 작은 돌과 돌 사이가 움푹 들어가 있다. 잘 닦여진 우리나라 인도와는 사뭇 다른 돌길이 가히 내게는 흉기라고까지 느껴졌다. 그곳에 잘못 발이라도 끼이는 날에는 어떤 일이 벌어질지 상상하니, 머리카락이 꼿꼿하게 일어설 지경이었다. 전신으로 짜릿하게 번질 통증은 물론, 마디마디 이어놓은 뼈대가 혹시 삐끗하고 어긋나게 되지는 않을까 하는 두려움마저 들었다. 구불구불 울퉁불퉁한 돌길 위를 걷노라니 2미터가 10미터는 되는 양 멀게 느껴지고 조금만 걸어도 땀이 송글송글 맺혔다.

첫 여행지를 이탈리아로 결정한 데에 큰 이유는 없었다. 하지만 여행 온 첫날 거리를 걸어 보고 나서 나는 매우 탁월한 선택이었다고 위로를 했다. 이렇게 걷기 연습하기에 더 없이 좋은 도시가 또 있단 말인가. 미묘한 도로 사정에 예민하게 반응하며 한 발 한 발을 내딛는 내 다리에는 극도의 긴장감이 배어 있었다. 그러면서 하나둘 걷는 기술이 향상되었다.

걷기에도 기술이 필요하냐고 할지 모르지만 한동안 걷지 못하다 다시 걷게 되거나, 하루 종일 걸어야 하는 사람들에게는 남다른 기술이 필요하다. 나름의 요령을 터득하여 걷다 보니 색다른 묘미가 있다. 아름다운 건물들과 유적, 그리고 노천카페의 여유로움이 함께하는 거리 풍경 속의 재활치료. 어디 상상이나 했겠는가? 아마 로마로 오지 않았다면, 답답한 병원 한쪽에서 잔꾀를 부리거나, 땀깨나 흘리며 끝날 시간만 기다리고 있을 내 모습이 떠올랐다.

'그래, 정말 잘 왔어. 걷는 게 이렇게 재미있다니.'

나는 흐르는 땀을 훔치며 싱긋 웃었다. 아마도 내가 출전할 수 있는 걷기대회가 있다면 이다음에 꼭 신청해서 나가 보리라 생각했다. 나는 첫날부터 '걷기 찬양 전도사'가 되어 있었다. 이국적인 공기가 나의 다리에 또 다른 활력을 불어넣어 주었다.

*

사람 마음이란 참으로 묘하다. 특별한 감흥 없이 의무감만 남았다면 재활치료는 말 그대로 신체적인 치료에 지나지 않았을 것이다. 색다른 치유여행은 나에게 새로운 재밋거리를 제공했다. 그러다 보니 점점 걷기의 강도가 높아졌다. 속도도 빨라졌고 특히 하루에 걷는 거리가 늘어났다. 오늘 5킬로미터를 걸었다면 내일은 10킬로미터를 걸어야지, 이렇게 걷는 즐거움 자체를 터득해 나갔다.

이탈리아 로마에서 여행한 지 한 달 정도가 지났을 때에는 절룩거리던 걸음걸이는 이미 어디론가 자취를 감추고 말았다. 어느새 내 다리는 사고가 나기 전과 거의 마찬가지의 안정된 걸음걸이로 땅을 내딛고 있었다. 이제야 비로소 인천공항에서 목발을 버리고 온 게 정말 잘한 일이었다는 생각이 들었다. 장애 5급의 판정이 무색할 정도로 나의 근육기능은 탁월하게 회복되고 있었다. 열 달 예정의 치료기간을 상당히 단축한 셈이다.

'와우, 이 정도면 다른 도시를 돌아다니는 것도 할 수 있겠군.'

점점 걷기에 자신이 붙은 나는 이참에 이탈리아 전역을 다녀 보기로 마음을 먹었다. 육체적인 장애를 극복해 나가는 가운데 나는 나에 대한 신뢰를 점차 회복할 수 있었다. 이탈리아에서의 걷기 여행은 나의 상한 영혼을 부드럽게 어루만져 주었다.

*

어느 날 나는, 괴테가 오래전 이탈리아를 여행하다가 '세계에서 가장 아름다운 도시'라고 불렀던 팔레르모(Palermo)로 가는 길에 있었다. 한때 유럽의 학문과 문화의 중심지이기도 했던 시칠리아의 주도(州都). 그곳으로 가기 위해서는 시칠리아 섬에서 기차를 타야 했는데, 그날따라 도로가 꽉 막혀 버스 안에서 발만 동동 굴렀다.

'어떡하나, 이번 기차가 막차일 텐데.'

시간이 얼마 남지 않았다. 이번에 차를 타지 못하면 숙소까지 먼 길을 다시 돌아가야 하는데, 그 생각을 하니 눈앞이 깜깜했다. 나는 무작정 버스에서 내렸다. 그리고 주변을 둘러보다 경찰관이 눈에 띄어 뛰어갔다. 이탈리아어를 전혀 모르니 일단 영어로 말을 붙여 보는 수밖에 없었다. 일단 처절하게, 그리고 불쌍한 눈빛으로 경찰관을 쳐다봤다.

"저기… 기차… 늦었어. 팔레르모로… 도와줘. 나를… 빨리빨리……."

내 말을 알아들었는지 잘생긴 이탈리아 경찰관이 잠시 망설이더니 자신의 오토바이 뒤에 올라타라고 손짓을 했다.

오, 세상에, 이런 일이! 구세주

재활여행 중 처음으로 발을 디딘 나라 이탈리아 밀라노에서.

가 따로 없었다. 신호를 무시하고 꽉 막힌 도로 사이를 거침없이 달렸다.

"오케이! 굿! 그라치에(이탈리아어로 고맙다는 인사)."

정말 고마웠다. 상기된 얼굴로 기억나는 대로 아는 단어를 말하자 경찰관이 빙그레 웃었다. 출발 5분 전이라 길게 인사를 나눌 시간도 없이 매표소로 내달렸다. 다행히 팔레르모 행 기차에 몸을 실을 수 있었다.

부족하고 짧은 영어였지만 혼신을 다해 현지인들과 소통을 해 나가려고 시도했다. 가끔 외국어도 못하면서 어떻게 혼자 여행을 다니느냐는 눈빛을 감지할 때면, 나는 바디랭귀지의 진수를 보여 주며 상황을 헤쳐 나갔다. 사람들의 얼굴 표정과 제스처는 제3의 언어다. 어찌되었든 외국에서 언어는 생각만큼 큰 장벽이 아니라는 것을 체험하게 되자, 점차 자신감이 생기고 가 보고 싶은 나라들도 늘어 갔다.

반년 동안 발이 부르트도록 이탈리아 방방곡곡을 누비고 났더니 다른 나라로 건너가 보고픈 욕망이 자연스럽게 생겨났다. 이집트와 요르단, 이스라엘, 시리아, 터키가 기다리고 있었고, 그리스와 불가리아, 체코, 오스트리아, 스위

재활여행 중 프랑스 파리에서

〈왼쪽 위〉 스위스 알프스 산맥 꼭대기에서. 〈오른쪽 위〉 스위스 알프스 산맥의 정상을 알리는 푯말 앞에서. 해발 3,842미터라고 보인다. 〈왼쪽 중간〉 에게 해에 위치한 그리스 가장 동쪽의 로두스 섬 가정집 앞에서. 〈오른쪽 중간〉 요르단 페트라에서. 〈아래〉 시리아 최고의 관광지인 '십자군의 성' 크락데슈발리에(Crac des Chevaliers) 꼭대기에서.

스, 독일, 프랑스, 네덜란드, 룩셈부르크, 벨기에, 영국까지 쉬지 않고 걷게 되었다.

이집트 다합에서 다이버가 되다

이탈리아에서의 추억을 가슴에 담고 이집트 카이로에 도착한 나는 우선 피라미드와 여러 유적들을 둘러보느라 분주했다. 섭씨 50도까지 올라가는 뜨겁고 건조한 날씨가 계속되어 내가 가져온 옷으로는 도저히 지낼 수가 없었다.

　'젠장, 다리 아픈 건 둘째 치고 더워서 못 살겠군. 한 발짝도 꼼짝을 못하겠어.'

　땀이 줄줄 온 몸을 타고 흘렀다. 한국의 동네 수영장 생각이 간절했다. 머리가 띵한 상태로 어떻게 해야 할지 이리저리 두리번거리는데, 이집트 고유 의상을 파는 상점이 눈에 들어왔다.

〈왼쪽〉 터키 어린이들의 모습. 〈오른쪽〉 이스라엘에서 여행 중인 아이들과 함께.

'그래, 저거야.'

무작정 나는 카이로 시내에 위치한 의류점으로 힘겹게 뛰어 들어갔다. 이집트어를 전혀 모르는 나는 손짓 발짓으로 내게 맞는 이집트인 의상을 살 수 있었다. 우선 터번(turban)을 둘렀더니 심한 더위는 피할 수 있었다. 터번은 머리에 긴 천을 둘러서 모자처럼 장식을 하는 것인데, 주로 이슬람교도나 중동 여러 나라의 남자들이 애용했다. 그리고 온 몸을 긴 천으로 휘감았다. 뜨거운 태양을 막아 주니 좀 살 것 같았다. 처음엔 긴 치마를 입은 듯 좀 어색하더니 오히려 걷기에 더 편안했다.

〈왼쪽 위〉이집트 아스완에서 터번과 이집트 고유 의상을 입은 모습. 〈오른쪽 위〉이집트 아스완의 세계문화유산인 아부심벨 앞에서. 〈아래〉이집트 상이집트 지방의 룩소르에서.

복장이 바뀌고 나니 여행을 다니기가 훨씬 수월해졌다. 이슬람국이 아닌 이스라엘을 제외하고 요르단, 시리아 등의 중동 국가들을 다닐 때에는 터번을 둘렀다. 복장이 현지화되고 나니 사람들의 시선도 따뜻해진 느낌이다. 나를 더 이상 이방인으로 취급하지 않았고 덤덤한 이웃처럼 대해 주었다.

　그런데 가장 크게 태도가 바뀐 것은 바로 나였다. 옷 하나 바뀌었다고 뭐가 크게 달라질까마는 현지인처럼 옷을 입고 밥을 먹고 생각하게 되니, 문화를 습득하는 속도와 깊이가 달라졌다. 기념사진 찍고 한번 슬쩍 구경하는 '관광'이 아니라, 걷기 여행을 하는 동안 나는 이집트인처럼, 요르단인처럼, 시리아인처럼 생활하고 먹고 느꼈다. 이집트 최남부까지 도달한 다음, 동쪽으로 시나이(Sinai) 산을 지나 요르단 못 미쳐 홍해까지 도달하는 데에 거의 한 달이 소요되었다.

*

　이집트 시나이반도 남부에 이르니 '다합'이라는 작은 도시를 만났

〈왼쪽〉 세계 7대 불가사의의 하나로 불리는 이집트 가자 지구의 피라미드를 보기 위해. 〈오른쪽〉 이집트 가자 지구에서 낙타를 타고.

다. 아랍어로 '금'을 뜻하는 도시 이름처럼 다합의 해안은 황금빛 모래로 덮여 있었다. 기후가 건조하여 1년 내내 비가 내리지 않는 이 마을에는, 배낭여행객들로 활기가 넘쳐났다. 주변 사람들에게 물어보니 이곳은, 세계 일주의 중요한 쉼터이고 유럽의 다이버들이 전부 모이는 곳이란다. 방갈로 1박에 1천 원 수준으로 물가가 아주 저렴하여 수많은 여행객들이 모여서 이런저런 정보를 서로 나누고, 또한 동행인을 찾고 또 헤어지는 전략적 지점이었던 것이다.

'이야, 대단한데? 나도 여기서 다이빙을 배워야겠다.'

실력이 뛰어난 다이버들과 함께할 기회가 생겼다는 사실에 가슴이 두근거렸다. 부근의 블루홀(Blue Hole)은 세계적으로 유명한 다이빙 포인트로 알려져 있었다. 숙소에서 귀동냥을 해 보니, 다합은 스쿠버 다이빙뿐만 아니라 스노클링과 윈드서핑으로도 세계적으로 유명한

이집트 시나이반도 남부의 작은 도시 '다합'에서.

곳이었다. 해안가 바로 앞에서 암초와 아름다운 산호초들을 직접 보니 당장 물속으로 뛰어들고픈 충동을 느꼈다.

다이빙 수업은 이론적인 수업과 실전 모두 포함해서 두 달 정도 소요될 예정이었다. 수업을 주관하는 다이빙센터에 부탁하여 센터 일을 도왔다. 덕분에 약간의 여비를 벌 수 있었고 다이버들과의 교류도 빈번해졌다.

시퍼런 바닷물 속에 뛰어들었다 나오기를 반복하며 다이빙을 시작한 지 보름이 지나자 누나가 무척 보고 싶어졌다. 한국에 전화를 했더니 눈물이 핑 돌았다.

"누나, 나야."

"준형아, 잘 지냈어? 아픈 덴 없고?"

"……, 어, 누나도 잘 있었어? 여기 다이빙하는 덴데, 누나 다이빙

다합에서 다이버들과.

좋아하잖아. 그래서 그런지 누나가 엄청 보고 싶네."

"그랬구나. 나도 많이 보고 싶다. 엄마 아빠도 매일 너를 위해 기도하신다."

"누나, 저, 누나도 여기 오면 안 돼? 나랑 같이 다이빙 배우자고."

"뭐? 내가?"

누나는 갑작스런 나의 제안에 당황했는지 말이 없었다. 목소리만 들을 요량으로 전화를 걸었는데, 누나의 목소리를 듣고 나니 갑자기 욕심이 생겼다.

"다이빙도 같이 배우고, 또 여행도 같이 하면 더 좋고, 히히."

"애가? 나 학교는 어떻게 하고?"

"하여튼 여기 오는 거다."

다합의 다이빙센터 앞에서 현지 소년과 함께.

막무가내로 우기는 나를 당하지 못했는지, 누나는 보름 뒤에 이집트로 오기로 했다. 기분이 날아갈 것 같았다. 그런데 잠시 후 누나가 진짜 이 먼 곳까지 나를 찾아온다고 하니 코끝이 찡해졌다. 몇 달 만에 만나는 가족인가. 아버지와 어머니, 누나가 갑자기 미친 듯이 그리워졌다.

"아 유 오케이, 제이?"

의자에 가만히 앉아 꼼짝 않고 있는 나를 센터 동료가 툭 치고 지나가며 한 마디 했다.

'그럼, 괜찮고 말고.'

나는 빙그레 웃으며 일어났다.

누나가 오는 날이 가까워지자 다이빙센터 일이 더욱 즐거워졌다.

이집트 다합에서 다이빙 연습 중인 나.

날이 갈수록 다이빙 실력이 좋아졌고, 다리 상태도 꽤 낙관적이었다.

누나와의 조우

오늘은 누나를 마중 가는 날이다. 세월이 빨라 어느새 보름이 지났다. 카이로 행 버스에 일찌감치 올라탔다. 앞으로 18시간은 꼬박 버스 안에 앉아 있어야 한다.

　'주님, 아무 탈 없이 제시간에 도착할 수 있게, 버스 기사 아저씨 운전 솜씨도 좋게, 또 도로 사정도 좀 좋게 해 주세요.'

　출발하기 전에 두 손을 모으고 기도를 했다. 버스 안에서의 시간은 왜 이렇게 지루한지 자다 깨다를 반복했다. 얼마나 왔을까? 쉬는 곳도 아닌데, 갑자기 버스가 도로 중간에 정차했다.

　"이런!"

　기사는 짜증을 내며 밖으로 나가 버스를 둘러보더니 툴툴거리며 다시 버스 안으로 들어왔다.

　"고장 났어요. 기사를 불러다 수리를 하려면 5시간은 족히 걸릴 테니 어디 가서 구경이나 하다 오세요."

　"왓?!"

　나는 내 귀를 의심했다. 하필 오늘 같은 날 이런 일이 생기다니, 내 가슴이 방망이질쳤다. 부지런히 가도 제시간에 도착할까 말까 한데, 큰일 났다.

　'누나는 나만 믿고 오는데, 정작 공항에 내가 없으면…….'

이런 낭패가 없었다. 여자 몸으로 초행인 카이로 공항에서 나를 못 만나 어쩔 줄 몰라 할 누나 생각을 하니 눈앞에 아찔했다.

'내가 오라고 우겨서 왔는데 오자마자 무슨 일이라도 생기면? 국제 미아가 되면? 여자 혼자 두기엔 공항은 위험한 곳인데.'

나는 소리를 지르고 싶었다. 버스를 밀고라도 가고 싶었다. 왜 오늘 차가 망가졌는지 원망이 하늘로 솟구쳤다. 새로운 것에 호기심을 가지며 걷기 여행으로 다져진 나였건만, 버스를 고치는 그 시간만은 도저히 다른 곳을 돌아다닐 마음이 생기지 않았다. 발이 떨어지지 않아 5시간 동안 꼼짝없이 도로 위에 주저앉아 있었다. 버스가 수리되면 단 1초도 지체 없이 올라탈 준비를 한 채 마음을 진정시키고, 단 10분이라도 버스가 빨리 고쳐지기를 기도하며 수리 작업을 끝까지 지켜보았다.

무더운 날씨였다. 내 머리 위의 터번이 없었더라면, 기다리는 동안 꽤 고통스러웠을 것이다. 진짜 5시간을 채우고 버스는 다시 출발했다. 아는 사람 하나 없이 광활한 공항 안을 헤맬 누나를 생각하니 이가 바득바득 갈렸지만, 약속대로 다시 출발하게 된 것을 다행으로 생각했다.

누나의 도착 시간보다 나는 정확히 3시간 늦게 카이로 공항에 도착했다. 버스에서 내리자마자 나는 정신 나간 사람처럼 누나를 부르며 뛰쳐들어갔다. 연간 이용 승객이 천만 명 이상이라는데, 아프리카에서 두 번째로 큰 이 국제공항에서 누나를 과연 찾을 수 있을까? 도대체 이 사건은 나의 인생에서 몇 번째 미션이란 말인가?

한참을 여기저기 돌아다니는데 문득 귀에 익은 한국말 소리가 들렸다.

"누나!"

외치며 돌아보니 한국인 그룹이 공항버스로 올라타는 게 아닌가! 나는 그곳에 분명 누나가 있으리라 믿고 정신없이 달려갔다. 아니, 꼭 여기에 있어야 한다!

"헉헉, 혹시 여기 김ㅇㅇ라는 20대 초반의 여대생 못 보셨습니까?"

사람들을 쫓아가서 큰소리로 외쳤는데, 사람들은 나를 피했다. 아예 말조차 붙이려 하지 않았다.

'같은 한국 사람들끼리 너무하는 거 아냐? 다른 것도 아니고 사람 좀 찾자는데, 우리 누나 말야. 그런데 왜 이렇게 비협조적인 거야?'

나는 울고 싶었다. 여기에서마저 누나를 못 찾는다면 어떻게 한단 말인가. 그래도 나는 계속 누나 이름을 부르며 도와 달라고 부탁을 했다. 한참 뒤에 사람들 사이에서 누나를 발견한 나는 미친 듯이 달려갔다. 그런데 누나가 나를 피했다.

"누나, 나야."

"뭐? 준형이라고?"

그제야 누나가 힘겹게 인파를 헤치며 다가왔다. 가까이서 누나의 얼굴을 보니 갑자기 맥이 풀렸다. 다리 힘이 쭉 빠져 서 있기도 힘들었다.

"흐, 누나, 미안해. 내가 늦는 바람에 고생했지?"

"너 근데 이 옷차림이 뭐니? 처음엔 이상한 사람인 줄 알았지 뭐니? 못 알아봐서 미안해."

늦어서 미안해하는 나를 위로할 셈이었는지 누나는 내 옷을 가리 키며 농담을 했다.

"진짜 이집트 사람 같구나, 멋지다. 역시 넌 뭘 입어도 멋있어. 내 동생답다."

그제야 주위의 사람들이 한두 명씩 우리 주변으로 모여들었다.

"아이, 한국분이셨어요?"

"우리는 어떤 이집트 사람이 자꾸 뭘 물어본다고 생각했지 뭐예 요."

〈위〉 다합에서 다이빙복을 입고 다이버, 누나와 함께. 〈왼쪽 아래〉 이집트 나일 강 배 위에서. 〈오른쪽 아 래〉 이집트 나일 강에서 누나와 함께 이집트 의상을 입고.

"그래, 누나는 찾았어요? 찾았나 보네. 다행이다. 또 봅시다."

나는 누나의 손을 꼭 잡고 한국 여행객들에게 고맙다고 연신 인사를 했다. 누나와 나는 다시 버스를 타고 18시간 후에 다이빙센터에 도착할 수 있었다. 버스를 타고 가는 동안 누나는 내 다리가 정말 건강한지, 아무런 이상이 없는지 몇 번을 물어보았다.

구조대자격증을 따다

누나가 온 뒤로 다이빙센터의 일은 순조롭게 진행되었다. 누나와 함께하는 다이빙 시간은 이 세상 무엇에 비길 수 없이 즐거웠다. 가족과 함께하는 시간이 이렇게 재미있고 소중하다니, 홀로 떠나는 여행도 좋지만, 함께하는 시간은 더 값진 것 같다.

"준형아, 너 진짜 어른스러워졌다. 아버지, 어머니께서 보시면 놀라시겠는걸."

누나는 내가 목발도 없이 자신감 있게 걷게 된 사실에 놀라워했다. 그리고 무척 좋아했다. 더구나 다이빙에 도전하여 자격증까지 따려고 하는 내 목표를 새삼 대견스러워했다.

"누나, 다이빙을 그냥 스포츠로 즐기는 건 아냐. 내가 스포츠라면 종목을 가리지 않고 어릴 때부터 정말 좋아했지만. 물론 내 몸도 튼튼해지고, 다이빙을 하면 물속에서 멋진 자연 풍광을 보는 것도 매력적이야. 물속에 있는 그 순간만큼은 아무런 생각이 떠오르지 않을 정도이지. 수많은 암초들 사이를 인어처럼 자유자재로 돌아다니고 또

꽃처럼 아름다운 무수한 산호초말야, 누나도 봐서 알겠지만, 정말 멋지지 않아? 그런데 그런 것 보자고 다이빙을 하는 건 아냐. 그런 것도 좋지. 그런데 어느 순간 나도 다른 사람의 생명을 구할 수 있으면 좋겠다는 목표의식이 생겼어. 여기 온 지 얼마 안 돼서 어느 날, 바다에 뛰어들려고 꼭대기에 섰는데, 갑자기 그런 생각이 드는 거야. 내가 여기 와서 세계적인 다이버들을 만나게 된 것도 우연이 아닐 거라고. 그때부터 나의 다이빙에 의미를 부여하기 시작했지. 그리고 누나랑 통화하면서 알게 됐어. 누나가 와 주면 내가 정말 진지하게 잘할 수 있을 거라고 말이지.

누나, 나는 구조대자격증(Rescue License)을 딸 거야. 언제 어디서든 물속에서 위험에 처한 다른 사람을 도울 수 있게 말이야."

누나는 내 말을 듣더니 조용히 눈물을 흘렸다.

"그래, 준형아. 너는 잘할 수 있을 거야. 네가 하고 싶은 건 뭐든지 해 봐."

누나의 격려를 받는 가운데 다이빙센터의 일을 도우며 두 달 뒤에 나는 다이빙 마스터가 되었고 구조대자격증까지 무사히 딸 수 있었다. 이제 해상에서 실제로 사람을 구조할 수 있는 기술과 지식과 힘을 갖춘 것이다. 이 자격은 우리를 지도해 주었던 강사(Instructor)의 바로 전 단계였는데, 이때 취득한 구조대자격증 덕분에 미국에 유학한 뒤에 해상구조대 아르바이트를 할 수 있었다.

움직이지 않는 다리

누나와 나는 나머지 재활여행 일정을 함께하기로 했다. 이집트에서의 추억을 뒤로하고 요르단과 이스라엘, 시리아 등으로의 걷기 여행에 나섰다. 여행 국가들의 수가 늘어갈수록 재활치료의 효과도 배가되었다. 부지런한 걷기를 통해 얻은 값진 성과는 기초 체력의 확보였다. 몸무게가 10킬로그램이나 줄었다.

*

"헉, 누나! 이리 좀 와 봐!"

어느 날 일어나 보니 수술했던 오른쪽 다리를 움직일 수 없었다. 재활치료 후 직각으로 구부러졌던 무릎이 아예 하나도 굽혀지지 않았다.

"준형아, 병원에 전화해 볼까? 여기 어디 병원에라도 가 볼까?"

누나는 겁이 덜컥 났다 보다. 불안하기는 나도 마찬가지였다.

'에구, 내가 너무 무리했나 봐. 이를 어쩌지? 큰소리치며 세계 각국을 돌아다니면서 다리를 고치겠다고 고집 부렸으니, 이대로 정말 안 움직이면 큰일이다. 다시 수술해야 하는 건가?'

사실 떠나기 전에 의사 선생님은 절대 무리를 해서는 안 된다고 신신당부를 하셨다. 물론 나도 그러겠다고 단단히 약속을 했다. 그런 기억이 떠오르니 나는 아무런 말도 할 수 없었다. 주치의도 없는 먼 타국 땅에서 어떻게 해야 할까? 다시 처음부터 시작해야 하는 건가? 병원으로 실려 가서 정밀검사를 받고 또 수술을 하고 지겨운 입원 생활을 거쳐 재활병동에서 숨 막히는 재활치료를 하고……

생각만 해도 끔찍했다. 나는 고개를 가로저으며 누나를 불렀다.

"누나, 일단 한국에 전화는 하지 마. 며칠 쉬면 좀 낫지 않을까?"

"그래도 더 심해지면 어떻게 하니?"

누나는 내 오른쪽 다리를 감싸 쥐고 눈을 감았다.

"일단 찜질을 하면서 다리를 풀어 주자. 그리고 당분간 내가 부축해서 걷자. 이럴 때 목발이라도 있었으면 좋으련만. 오른쪽 다리에 힘이 들어가지 않도록 조심하고, 대신 여행은 잠깐 쉬는 거다. 상태가 좋아진 다음에 걷는 여행을 계속할지 말지 결정하는 거야. 알았지?"

"……. 음, 알았어."

나는 누나의 말을 잠자코 따를 수밖에 없었다. 누나가 없었다면 당장 먹을 것을 사러 나가거나 옷을 갈아입거나, 몸을 씻는 여러 가지 일을 혼자 힘으로는 하기 곤란했을 테니까. 그리고 무엇보다 나 자신이 갑자기 움직이지 않게 된 다리의 상태를 이해할 수 없었다.

'갑자기 왜 이런 거지? 지금까지 이런 일이 한 번도 없었잖아.'

지난 몇 달 동안 점점 상태가 개선되었지, 이렇게 악화되었던 적은 없었다. 여행을 시작한 첫 달에 이탈리아에서 목발 없이도 제대로 걸었고, 탄력이 붙어서 점점 더 많이 걷게 되었지 않는가. 더구나 체중이 10킬로그램이나 빠졌으니 그만큼 무릎 관절에 주는 부담도 크게 줄었고 다이빙까지 두 달 연마했으니 전신의 체력이 크게 향상되었을 터였는데, 탄력이 붙을 만큼 붙어서 걷기 여행에 자신감이 물이 오른 지금에 와서 갑자기 다리가 안 움직이게 되다니, 내게 무슨 사단이 난 것일까? 나는 너무 괴로웠다.

'내 다리는 정말 못 걷게 되는 것일까?'

퇴원 당시 의사 선생님으로부터 들었던 '혹시 모를' 그런 일들이 현실화되는 것은 아닌가 하는 두려움에 떨었다. 엎친 데 덮친 격으로 나는 곧 고열에 시달리기까지 했다. 누나는 찜질을 하며 밤새 간호하느라 며칠을 제대로 잠을 이루지 못했다. 닷새쯤 지났을까? 다행이 열도 떨어지고 천천히 다리를 움직일 수 있게 되었다.

"누나······."

내가 부르는 소리를 듣자, 침대에 엎드렸던 누나가 고개를 번쩍 들었다.

"이것 봐."

내가 오른쪽 다리를 조금 들어 보이며 눈을 찡끗했다.

"준형아······."

누나는 기쁨의 눈물을 멈추지 못했다. 누워 있던 나도 덩달아 마음이 찡해졌다. 다행이 우리는 한국에 나의 '다리 소식'을 전하지 않고 무사히 넘어갈 수 있었다. 퇴원할 때와 마찬가지로, 무릎 굽히는 연습부터 시작하여 누나를 의지하여 걷기, 누나 없이 혼자서 천천히 걷는 순서로 며칠을 보냈다.

"이젠 여행을 계속해도 되겠다."

누나가 허락을 했다. 앞으로의 여행 일정은 무리하지 않고, 충분한 휴식시간을 확보하기로 했다. 다시 다리에 이상이 생기면 주저 없이 한국으로 돌아가기로 하고 말이다.

*

어느새 내 몸은 스펀지로 변해 가고 있었다. 숨 쉬는 매 순간이 귀중하게 다가왔기 때문에, 내가 경험하는 시공간의 모든 것들을 스펀지처럼 빨아들였다. 흡수 속도도 빨라졌다. 카메라로 풍경을 찍는 대신 내가 보고 느낀 것들을 머리와 가슴에 화인(火印)처럼 새겼다.

여행 중에 만나는 현지인들을 통해 새로운 문화를 최단시간 내에 온몸으로 느끼고 싶었다. 나는 본능적으로 '그 무엇'에 동화되고자 했다. 일시적이나마 나는 내가 걷고 있는 거리의 사람이 되고자 의식적으로 노력했다. 그 거리의 사람들이 히잡을 쓰면 나도 히잡을 구해서 쓰고 걸어 다녔다. 현지인들이 손으로 밥을 먹으면 나도 똑같이 손으로 밥을 집어 입에 넣었다. 이집트에서는 이집트인이 되었고 파리에서는 파리지엥처럼 살았다.

'원숭이라고 손가락질해도 상관없다!'

똑같이 따라서 경험해 보고 느끼는 것이 그 나라에 가장 빨리 적응하는 길이라는 것을 어느 순간 터득했던 것이다. 그 나라 문화를 날것 그대로 통째로 받아들이는 것만이 여행의 참의미를 깨닫게 해 주는 지름길이었다. 24시간 내내 나는 동시대를 살고 있는 여행지 사람들과 함께 소통의 희열을 몸 전체로 구가했다.

그리고 여행은 내게 잊지 못할 질문을 계속 던졌다.

"김준형, 너는 왜 여행을 왔지? 왜 살아야 하지? 또 공부는 왜 해야 하는 거야?"

나이 스물이 넘도록 진지하게 생각해 보지 않았던 질문을 끊임없이 해 댔다. 다리가 절룩거리지 않을 무렵, 나는 희미하게나마 해답을 찾을 수 있었고, 내 마음은 넓은 세상을 향한 새로운 도전의식으로 가득했다.

2004년 5월부터 2005년 4월까지 총 11개월 동안 내 두 다리는 멋진 재활여행을 마쳤다. 나는 이제 달릴 수 있다. 다른 사람의 도움 없이, 목발조차 짚지 않고 바람을 나부끼며 한달음에 달음질할 수 있게 되었다. 일곱 조각 났던 오른 다리는 태어날 때 하느님으로부터 선물 받았던 그 모습 그대로 유연하고 강직하게 거듭나 있었다. 나는 오른 다리가 자랑스럽고 사랑스러웠다. 나의 몸 가운데 가장 빛나는 그곳은 오른쪽 다리이다. 이탈리아의 천재적인 예술가 미켈란젤로가 신의 손으로 빚어 냈던 다비드상보다, 그리고 저마다 최고라고 외쳐 대는 몸짱들의 건각(健脚)보다도 나는 나의 오른 다리를 사랑한다.

　　그리고 내가 얻었던 소중한 1가지는 지구상에 어디를 가든 길을 잘 찾을 수 있게 되었다는 점이다. 두 발로 걷고 두 눈으로 직접 확인하고 두 손으로 어루만지며 여행했던 시간들이 내게 준 선물이다. 어느 곳에 있든지 밤하늘의 별을 보고 방향을 직감적으로 알아내고 어느 정도의 거리인지 감지하여 시간을 계산해 내어 찾아갈 수 있는, 나는 인간 네비게이터의 수준, 방향 감각의 달인이 되어 있었다.

　　그렇게 내가 내게 주었던 숙제 1가지가 마무리되어 가고 있었다. 이 재활여행 기간은 내 인생에 있어서 무엇과도 바꿀 수 없는 소중한 시간들이다. 이 여행기를 책으로 남기라고 해도 족히 한 권은 될 것이다. 사고 이후 가장 역동적으로 살았던 시간들, 떠날 때는 생소하고 얼떨떨했으나 돌아왔을 때에는 끝없는 충만감에 황홀했던 아름다운 20대의 청춘이여.

3. 새로운 곳을 향한 도전

성공적인 재활여행

"너 준형이 맞니?"

재활여행을 마치고 돌아오니, 가족들은 반가움과 함께 놀라움을 금치 못했다. 검붉게 그을린 웃음 가득한 얼굴, 멀쩡한 두 다리로 씩씩하게 걷는 모습에 가족들은 모두 탄성을 자아냈다. 이리저리 둘러보고 만져 보고 무사한 내 모습을 확인하자 어머니는 조용히 눈물을 흘리셨다. 여행 중간에 도시를 이동하면서 이따금 엽서를 보내기는 했지만, 자주 연락을 하지 못했던 탓에 어머니는 혹시 또 무슨 사고나 당하지 않았을까 하여 노심초사하셨던 것이다.

"너 외국으로 여행 간다고 할 때 사실 얼마나 말리고 싶었는 줄 아니? 퇴원한 지 얼마 안 돼 혼자 걷지도 못하는 몸으로 멀리 간다고 할 때, 하늘이 무너지는 것 같았다, 이놈아. 그런데 이렇게 건강하게 돌아와 줘서 너무 고맙다."

가족들은 건강해진 내 몸에 크게 감사하고 감동했다. 오랫동안 불규칙한 생활과, 술과 인스턴트 음식에 찌들었던 습관 탓에 육중했던 내 몸매도 보기 좋게 바뀌었다. '최고의 운동'인 걷기로 다져진 완벽한 몸을 보고 완전히 새사람이 됐다고 기뻐하셨다.

'어머니, 몸만 그런 게 아니라고요. 제대로 살아보려고요, 마음도 새사람이 됐다니까요.'

기뻐하시는 부모님 얼굴을 보며 나는 속으로 외쳤다.

*

다음날 병원에 가서 몸 상태가 어떤지 진단을 받았다. 병원에서 치료를 하지 않고 내가 주장한 나의 방법으로 치료를 하고 왔으니, 어쨌든 확인이 필요했다. 다행이 병원에서는 다른 이상은 없고, 그동안 고생했다고 격려를 해 주었다.

'그래, 좋아. 이왕 시작한 운동, 조금만 더해 보자.'

스스로의 노력으로 살도 빠지고 성과를 보게 되니 다른 욕심이 생겼다. 본격적으로 다이어트를 시도해 보기로 한 것이다. 전문 트레이너를 찾아 자문을 구했다.

"천천히 시작하는 게 좋겠어요."

내 이야기를 찬찬히 듣더니, 트레이너는 사고 후유증을 염려한 탓인지 무리한 스케줄은 삼가라고 했다. 그리고 첫 일주일 동안은 매일 20분 동안만, 20분 안에 3킬로미터를 주파할 수 있도록 꾸준히 뛰기를 권유했다.

나는 하루도 빠짐없이 트레이너의 말대로 일정한 시간에 매일 딱 20분만 뛰었다. 재활여행을 하는 동안 매일 걷기를 쉬지 않았지만 집중해서 달린다는 것은 생각보다 매우 힘들었다. 첫날은 심장이 터질 것 같은 고통이 뒤따랐다. 일주일이 흐르고 열흘이 지나자 하루에 0.5~1킬로그램씩 몸무게가 빠지기 시작했다. 트레이너는 나의 몸무게 변화를 정확히 점검한 뒤 뛰는 시간과 거리를 조정했다.

재활여행에서 돌아온 뒤 몇 달 동안은 다른 일에 관심을 두지 않고 트레이너의 지도를 받으면서 오직 뛰는 연습에 몰입했다. 다리가 성치도 않으면서 무리한 연습에 다치지는 않을까 어머니와 누나는 걱정을 많이 했다.

"혼자 목발도 던져버린 애요. 이제 무슨 일이든 못하겠소? 내버려 두구려."

아버지는 내심 내가 하는 운동을 반갑게 생각하시고 또 굳게 믿어 주셨던 것 같다. 땀 흘린 보람이 있었던가, 어느 날 체중계가 70킬로그램을 가리켰다. 무려 30킬로그램 감량에 성공한 것이다.

"믿을 수 없어……."

나는 뛸 듯이 기뻤다. 트레이너는 이제 자신의 역할은 다 끝났으니 필요한 일이 생기면 그때 보자고 했다. 가족들은 반신반의했다. 뚱뚱했던 내가 이렇게 홀쭉해질 수 있냐고. 그때부터였던 것 같다, 내가 긍정의 힘을 믿게 된 것은.

내 인생은 교통사고 이전과 이후로 나눌 수 있을 것이다. 사고는 사고 이전의 나를 벗어버리게끔 만들었다. 사고 후 값진 재활여행은 내 인생의 궤도를 크게 수정했다. 앞으로 남은 인생을 어떻게 보내야 할지, 무엇을 하고 싶은지가 여행 이후 명확해졌기 때문이다. 그리고 무엇이든지 실천에 옮길 수 있다는 자신감도 얻었다. 재활여행이 없었다면 오늘날의 나는 존재하지 않을 것이다.

뭐, 운동이 아니고?

"엄마, 저, 공부하고 싶어요."

"뭐, 공부? 운동이 아니고?"

오랜만에 모인 저녁식사 자리에서 가족들은 모두 의외라는 듯 서로를 쳐다보기만 했다. 공부에 취미를 못 붙이고 방황한 세월이 얼마인데 이제 와서 공부를 하겠다니 의아할 밖에. 가장 확률이 적은 일에 모든 걸 쏟겠다니 모두 놀란 표정이었다.

"공부라면 환영이긴 하다만, 지금 시작할 수 있는 공부가 그리 많지 않을 텐데……."

"정확히 어떤 공부를 하고 싶은지는 아직 모르겠어요. 그래요, 아직 확실하게 이거다 하고 정해진 건 없어요. 하지만 여행하다 보니 세상이 너무 넓고 할 일은 무수하다는 걸 알게 됐지요. 그래서 미국으로 유학 갈까 하고요. 지금 당장 제가 뭘 잘할 수 있을지는 모르지만, 그래서 더 알아보고 싶어요, 제 가능성을……."

태어나서 나는 이제껏 무엇 하나 제대로 공부해 본 것이 없었다. 그런데 재활여행 중에 나는 나에게도 열정과 꿈이 있음을 발견했고, 체중을 감량하면서 몸만 회복된다면 무슨 일이든 도전하겠다는 의지가 생겼다.

'내 나이 스물다섯, 공부하기에 늦지 않았지?'

스스로에게 물어본다. 공부가 이기나 내가 이기나 끝까지 한번 가보자는 승부욕이 불끈 용솟음친다. 어떤 미로든 헤맬 각오가 되어 있었다.

"네 생각이 그렇다면 그래야지. 한번 해 보거라. 무엇을 시작하기에 늦은 나이란 없다. 너도 지난 1년 반 동안 많은 것을 깨달았으리라 믿는다. 재활여행 간다고 할 때도 난 네가 그냥 떠난 건 아니라고 생각했다. 그리고 너는 내 기대에 어긋나지 않게 돌아와 주었고. 우리 가족은 모두 너를 사랑하고 있다. 네가 하고 싶은 일을 꼭 해 보길 바란다, 아들아."

아버지는 나의 선택을 지지해 주셨다. 지난 세월 이렇다 할 성과는 아무것도 없었지만, 아버지는 내가 보낸 시간이 허송세월은 아니었다고 생각하셨다. 가족의 신뢰는 내게 다시 시작할 수 있다는 자신감을 심어 주었다. 그 무엇과도 바꿀 수 없고 돈을 주고도 살 수 없는 굳센 자신감 말이다.

미국 유학을 떠나다

조선에듀케이션 대표이사인 방정오 형님은 내가 유학을 가는 데 결정적인 역할을 했다.

"네가 이제 좀 철이 들었구나. 누구에게나 의지만 있다면 늦었다는 것은 없지. 유학을 간다면 이것만은 명심했으면 좋겠구나. 네가 비행기에 몸을 싣는 순간, 성공하지 못하면 다신 이 땅에 돌아오지 않으리라, 거기서 죽겠다는 각오로 떠나라는 거다."

정오 형은 내 인생에 있어서 중요한 멘토이다. 사고를 칠 때마다 모질게 나를 혼내기도 하고 어떤 결정을 해야 할 때에는 관심을 갖고 많은 이야기를 들려주었다. 형은 훤칠한 외모에 뛰어난 운동 신경, 멋진 몸매, 어린아이 같은 순수함 뒤에 숨겨 있는 목표에 대한 열정, 특히 긍정적인 마인드로 우직하게 날 밀어주고 끌어 주었다. 그래서 누구에게도 섣불리 꺼내지 못했던 유학 계획을 정오 형에게 털어놓을 수 있었다.

정오 형에게 조언을 듣고 유학을 가겠다는 결심이 확고히 서자 마음이 다급해졌다. 지역과 학교 선정, 어드미션을 위한 서류 준비, 입학에 필요한 시험 등에 관해 인터넷상으로 조사를 해 보니, 정보를 수집하고 준비하는 데에만 최소 6개월에서 1년이 걸린다는 것을 알게 되었다. 이럴 수가, 순간 눈앞이 캄캄했다. 나에게는 그럴 시간이 없지 않는가.

'그래, 직접 가서 부딪쳐 보자. 시간이 너무 아까워.'

한국에는 나를 도와줄 유학원이 많지만, 현지에 가서 직접 뛰어다니며 알아보면 시간도 절약되고 그 과정이 진짜 내 경험이 될 수 있으리라는 것에 생각이 미쳤다. 그곳에 어떤 장애물들이 기다리고 있을지는 모르지만, 그것도 공부라는 생각이 들었다.

우선 재학증명서를 준비한 뒤 학생비자(F-1)를 신청했다. 비자가 나오자 나는 바로 보스턴행 비행기표를 끊었다. 그때까지 내가 고작 보스턴에 대해 알고 있었던 것은 야구가 전부였고, 미국 메이저리그의 레드삭스 팀이 보스턴을 연고지로 하고 있다는 사실이었다. 그만큼 내가 유학 가기로 보스턴을 선택한 이유는 정말 단순했다. 내가 아는 미국에서 가장 유명한 교육 도시였기 때문이다. 그래서 선택할 수 있는 학교도 다양하고 유학생들도 많아 정보도 쉽게 얻을 수 있으리라 생각했다. 그리고 친분이 있던 D형이 먼저 그곳에서 유학 중이었다. D형에게 현지사정을 귀동냥하면 아무래도 정착할 때 큰 도움을 얻을 수 있으리라. 우선 온라인으로 보스턴대학교의 ESL 어학과정에 입학 신청을 했다.

'아무렴, 유학생이 되려면 가서 우선 영어를 따로 배우는 게 좋을 거야.'

재활치료를 떠날 때와는 달리 부모님까지 공항에 배웅을 나오셨다. 그것만으로도 큰 힘이 되었다. '잘 해낼 수 있지? 넌 잘 해낼 수 있을 거야!' 하고 격려해 주고 싶으셨던 것이다.

'이 땅을 언제 다시 밟게 될지는 모르겠지만, 꼭 돌아올 거예요. 하지만 남들에게 떳떳한 얼굴로 돌아오지 못하게 된다면 거기서 죽을 각오도 돼 있어요. 왜냐하면 유학이 제 인생의 마지막 선택이 될 수도 있다는 걸 알게 됐거든요. 지금 무엇인가를 하지 않으면 영영 아무것도 하지 못할 것 같아요, 엄마.'

어머니의 눈물을 보며, 나는 다짐하고 또 다짐하고, 이를 악물고 눈물을 참으며 그렇게 장도(壯途)에 올랐다.

4. 아무도 알려주지 않은 방법

보스턴의 ESL 프로그램

세계 최고를 자랑하는 대학들이 즐비한 미국 최고의 교육 도시 보스턴에는 소규모 대학까지 합하면 총 100여 개 대학이 있다. 하버드대학교, MIT, 보스턴대학(Boston College), 터프츠대학교(Tufts University), 보스턴대학교(Boston University), 노스이스턴대학교(North Eastern University), 매사추세츠대학교(University of Massachusetts) 등 이름만으로도 기가 눌리는 이 도시에는 세계 각지에서 몰려든 유학생들로 열기가 넘쳐났다.

'바로 여기야. 여기서 내 유학 생활이 시작되는 거야.'

당분간 보스턴대학교 앞에 있는 D형의 아파트에 머무르기로 했다.

"잘 왔다, 준형아!"

형은 나를 반겨 맞아 주었다. 집 옆으로 찰스 강이 보이고 아파트 주위는 커다란 나무로 한껏 우거져 있었다. 매사추세츠 주를 관통하고 있는 찰스 강 주변으로 하버드대학교나 보스턴대학교, 매사추세츠 공과대학 등이 자리하고 있었다. 탁 트인 풍광에 가슴이 시원한 느낌이다. 짐을 내려놓자마자 한국에서 준비해 온 대학 목록만 챙겨들고 거리로 나섰다.

11개월 간 재활여행을 한 덕분에 배짱은 생겼지만, 그렇다고 영어 회화에 능통한 것도 아니어서 막상 거리를 나섰더니 어디서부터 무엇을 해야 할지 막막하기만 하다.

'괜히 혼자 다닌다고 했나? 휴.'

함께 알아보러 다니자던 D형의 친절을 사양하고, 지리도 익숙하지 않은 보스턴 시내를 몇 시간째 헤매고 있는 게 잘하는 건지 모르겠다.

보스턴은 과연 전형적인 학생들의 도시였다. 젊음과 낭만이 숨 쉬고 지적 탐구열로 도시 전역이 뜨거웠다. 책을 들고 바삐 오가는 학생들, 거리에서 토론에 열중하는 학생들, 거주민의 70퍼센트가 학생이라더니 어느 거리를 가나 학생들로 가득했다.

'와우, 정말 도전해 볼 만한 곳이로구나. 나도 이곳에서 함께 공부하고 싶다.'

왠지 나도 모르게 그 에너지를 받아 갑자기 자신감이 불끈 솟고, 무엇이든지 할 수 있으리라는 용기가 생겼다. 보스턴의 캠퍼스들은 도심의 특성을 잘 이용하여 전통을 잃지 않으며 조화롭고 아름답게 꾸며져 있었다. 무엇보다 나의 눈길을 끈 것은, 내가 좋아하는 스포츠 콤플렉스(sports complex)였다. 우리나라에서는 찾아보기 힘들 정도로 대단위 규모의 거대한 최신식 스포츠 건물들을 보면서, 왜 미국이 스포츠 강국이 될 수밖에 없는지 알게 되었다.

한껏 상기된 채 이 사람 저 사람에게 물어 겨우 보스턴대학교(BU)를 찾을 수 있었다. 대학 건물들은 찰스 강을 따라 자리 잡고 있었고, 전 세계 130여 개국에서 유학 온 수천 명의 학생들로 북적이고 있었다. 약속도 하지 않고 어드미션 오피스(입학상담실) 문을 두드리고 들어가 담당자와 마주앉은 나는, 이곳에서 공부하고 싶으니 허가를 해 달라고 말을 꺼냈다. 그런데 입학담당자는 친절한 표현으로 나의 입학을 거절했다.

직접 가서 부딪쳐 보면 오랜 준비 없이도 입학할 수 있는 길이 분명 있을 것이라고 생각했던 것은, 나의 큰 오산이었다. 기본 영어 실력과 토플 성적증명서가 없으면 미국의 명문 대학들은 입학을 허가하지 않았다. 노스이스턴대학교도 마찬가지였다. 토플 성적이 필요하니 시험을 쳐야 하는데, 거기에 소요되는 기간이 6개월에서 1년 정도였다. 할 수 없이 나는 한국에서 예약해 두었던 보스턴대학교 내의 실랍(CELOP) ESL 코스에 등록을 하고 말았다.

보스턴대학교에서 1975년부터 시작된 이 ESL 프로그램은, 전 세계 학생들을 다년간 가르쳐 온 경험이 풍부한 보스턴대학교의 교수진들이 직접 맡아 진행한다고 했다. 더구나 교수진은 전 세계적으로 널리 알려진 교과서의 저자들이며 국제 학술회의에서도 많은 발표를 한 사람들이라고 했다. 도서관과 언어센터, 레크리에이션 센터, 멀티미디어 컴퓨터 랩 등 보스턴대학교 내의 모든 시설과 자료들을 이용할 수 있는 특전도 주어졌다. 어쨌든 보스턴대학교에서 당장 수업을 받을 수 없었지만, ESL 프로그램이 최고 수준의 영어 학습 시스템을 갖추고 있다는 데에 큰 위로를 받았다.

'너무 욕심 내지 말자. 그리고 조바심도 내지 말자. 내가 준비된
만큼 천천히 시작해 보자.'

나를 다독이며 ESL 프로그램에 큰 기대를 걸고 수업에 임했다.

하지만 수업은 첫날부터 절망적이었다. 15명의 학급에는 나를 포
함한 한국인 4명, 일본인 4명, 나머지는 동남아 학생들과 남미, 그리
고 유럽 학생들이 차지했다. 즉 동양에서 온 영어 초보자들이 거의
대부분이었던 셈이다. 수업시간에는 고등학교 1학년 수준의 기초적

보스턴대학교 실랍 ESL
코스의 친구들과 함께.
위 사진의 가운데 여학생은
영화 '베틀 로얄', '최종병기
그녀'에 주연으로 나온 마
에다 아키(Maeda Aki).

인 영어를 공부했고 진도도 더뎠다. 파트너와의 대화시간에는 나와 비슷하거나 혹은 그 이하 수준의 학생들과의 대화가 이어졌다. 속상하게도 늘 틀리던 부분에서 틀리고 막히는 단어에서 늘 막혔다. 더구나 회화 위주보다는 한국에서도 지겹게 배워 오던 교과서 위주의 문법 암기식 수업으로 프로그램이 구성되어 있었다. 오, 마이갓!

수준은 그럴 수 있다. 나도 별반 차이가 없으니까. 하지만 학생들의 태도가 마음에 들지 않았다. 학원을 놀러 오는 곳이라고 생각하는 모양이다. 수업 준비도 해 오지 않고 태도도 불량스러웠다. 열의를 품고 질문을 하거나 대화를 할라치면, 편히 놀며 지내자고 은근슬쩍 유도하기도 했다. 이런 분위기에서 어떻게 치열한 학업 분위기와 질 좋은 영어 학습을 기대할 수 있겠는가. 그것도 모자라 영어 공부 이외의 시간은 일주일에 한 번씩 영화관이나 박물관, 동물원에도 구경을 갔다.

'나에게 필요한 것은 이런 게 아니야. 나는 미국 사람들이 어떻게 말하고 어떻게 생각하는지 알고 싶단 말이다. 미국 문화에 대해 알고 싶은 거야.'

동물원 원숭이 구경하듯 관광지나 기웃거리려고 혈혈단신으로 온 것이 아닌데, ESL 코스는 나를 실망시켰다. 무엇을 위해서 이 작은 교실에서 영어 수준이 고만고만한 애들과 한 줄로 앉아 에이, 비, 씨, 디를 외치고 있단 말인가? 차라리 중고등학생들이라면 훨씬 만족스러운 수업이 될 수 있을지 모른다. 하루하루가 처절한 나에게 이 영어수업 방식은 하나의 유희(遊戱)에 지나지 않았다. 차라리 배낭 하나 둘러메고 현지인들과 어울려 지내는 것이 훨씬 효과적이지 않을까?

　'난 좀 더 나보다 나은 사람에게 가르침을 받고 싶어. 이래선 정체될 뿐이다!'

　나는 초조해지기 시작했다.

막다른 길에 부딪히다

컬럼비아대학교의 ESL 코스를 다녀온 뒤, 마치 사람들은 자신이 컬럼비아대학교를 다닌 것처럼 말한다. 누가 들으면 정말 그 대학 다니다 온 줄 알겠다. 학교 건물도 별개, 프로그램도 전혀 같지 않다. ESL 학생증을 평생 죽기 살기로 가지고 다닌다. 어쨌든 돈만 내면 갈 수 있는 곳이기에 자랑거리로 삼기에는 무리가 있다. 하버드대학교에도 익스텐션스쿨(Harvard Extension School)이 있다. 우리나라로 치면 종합대학의 평생교육원 정도 될까? 그곳 역시 돈만 내면 들어갈 수 있고 시험을 보지 않고도 입학이 가능하다. 그곳을 다녔다고 하버드를 졸업했다고 말할 수 있을까? 일반인들은 이런 속사정을 잘 모른다. 다녀온 사람이 그렇다면 그런 줄 안다. 이러한 문화를 부추기는 것은 바로 우리의 허례허식이다. 대학 타이틀에 대한 사람들의 선망, ESL을 가더라도 컬럼비아나 하버드로 가야 하는 명문 추종 심리를 이해 못할 바도 아니다.

　보스턴대학교에서 며칠 공부를 해 본 뒤, 나는 바로 ESL 코스를 때려치웠다. 한 학기 등록금을 몽땅 지불한 상태였지만 하나도 아깝지 않았다. 그 안에서 조금이라도 갇혀 있었던 시간들이 오히려 안타까울 뿐이었다.

'다시 시작하자. 정신을 가다듬어 봐! 분명히 다른 방법이 있을 거야.'

이번에는 매사추세츠주립대학을 찾아가 보기로 했다. 보스턴에서 2시간 정도 거리의 애머스트(Amherst)라는 시골에 자리 잡고 있었는데, 애머스트 캠퍼스가 매사추세츠대학교의 5개 캠퍼스 중 메인 캠퍼스이다. 또한 이 캠퍼스는 근처의 애머스트대학교, 햄프셔대학교, 마운트 홀리요크대학교, 스미스여자대학교 등과 함께 커다란 교육 타운을 형성하고 있어서, 첫눈에도 매우 특별하고 조용하고 학구적이며 아름다웠다. 애머스트 캠퍼스에는 총 90여 개의 학과와 60여 개의 대학원 과정이 설치되어 있었다. 3만 명을 수용하는 매사추세츠 주의 대표적인 공립학교답게 캠퍼스는 거대하고 위엄이 있었으며 활기가 넘쳤다. 무엇보다 '스포츠경영'으로 대학 랭킹 1위라는 것이 매력적이었다.

캠퍼스를 걸으며, 주립대학이니 나라에서 지원해 주는 특별 프로그램들이 있지 않을까, 나처럼 아직 준비가 부족한 예비 대학생들에게도 입학의 희망을 줄 수 있지 않을까 하는 기대감을 가졌다.

다행히 입학상담관(admissions officer, 신입생을 선발하는 업무를 담당하는 교육과정 전문가)과의 진지한 상담이 이뤄졌다. 나의 부족한 점이 무엇인지 잘 알지만 이 대학을 얼마나 간절히 원하고 있는지를 설명했다. 해답은 생각보다 간단했다.

"자네의 열정을 높이 사겠네. 우리로서는 자네가 커뮤니티 칼리지

(community college)에서 공부하다가 매사추세츠대학교로 다시 입학하는 게 도움이 될 거라고 이야기하고 싶네."

"커뮤니티 칼리지요?"

"보스턴에 매사추세츠주립대학교 분교가 있지. 벙커힐 커뮤니티 칼리지(Bunker Hill Community College)야. 커뮤니티 칼리지는 2년제 대학인데 그곳에서 2년 공부하면 매사추세츠에서 그대로 학점이 인정이 된다네. 열심히 공부해서 학점 3.0 이상을 받으면 주립대학교로 들어올 수 있는 자격이 주어지지. 3.0 이상이면 장학금도 받을 수 있고. 학비도 저렴하다네."

"벙커힐 커뮤니티 칼리지는 어떻게 입학할 수 있는데요?"

"자넨 토플 성적도 없다고 했지? 커뮤니티 칼리지는 영어든 뭐든 무시험이야. 들어가고 싶은 사람은 누구나 들어갈 수 있어. 단 학비만 있다면 말이야."

정말 그런 대학이 있단 말인가? 영어 시험도 보지 않고 2년 동안 열심히 공부하면 그 학점이 주립대학에서 그대로 인정되어 본 대학으로 옮겨가서 계속 공부할 수 있다고?

세상에, 믿어지지 않았다. 이렇게 쉽고도 간단하고 효율적인 방법이 있는데 왜 그동안 아무도 나에게 가르쳐 주지 않았을까? 토플이나 토익 성적이 있으면 더할 나위 없겠지만, 공인영어성적이 없어도 현지 입학센터에서 1시간 내외의 간단한 영어와 수학 테스트를 거친다면 입학이 가능하다는 이야기였다.

오스카 와일드는 말했다, 정말 알아야 할 것은 아무도 가르쳐 주지 않는다고. 유학 정보를 일컫는 말이었겠느냐마는, 그토록 알고 싶었던 정보를 내가 직접 알아냈다는 것에 묘한 쾌감이 생겼다. 사실 많은 사람들이 이런 방법으로 저명한 대학으로 편입을 하고 있었다.

5. 꿈을 위한 첫 번째 스텝

벙커힐 커뮤니티 칼리지 입학, 다른 길을 찾다

벙커힐 커뮤니티 칼리지. 그럼 그렇지. 길은 분명히 있어.

서광이 비추기 시작했다. 어디에서도 나를 받아주지 않는다면 다시 ESL 코스로 돌아가야 할 형편이었다. 선택의 여지가 없었다. 그때부터 커뮤니티 칼리지에 대해 알아보기 시작했다. 흔히 대학에는 두 가지가 있다. 종합대학이라고 불리는 유니버시티와 우리나라의 전문대학, 단과대학 급의 커뮤니티 칼리지. 종합대학은 말 그대로 여러 전공이 함께 있고, 그중 몇 개의 전공이 특화된 곳이 바로 커뮤니티 칼리지이다.

미국은 생각보다 대학진학률이 낮다. 대학을 갈 필요가 없다고 생각하는 사람들도 의외로 많다. 하지만 그만큼 대학을 가려는 사람들에 대한 지원을 아끼지 않는 나라도 미국이다. 그래서 다양한 커뮤니티 칼리지가 존재한다.

실제 미국의 커뮤니티 칼리지에는 하루 벌어 하루 사는 극빈층이 다니는 경우가 많다. 맥도널드에서 아르바이트하면서 극심한 가난을 겪는 학생들 중 공부에 뜻을 둔 사람들이 다니는 곳이 칼리지이다. 그렇다고 그들이 무식하고 못났을까? 전혀 그렇지 않다. 주에서 운영하는 대학이라 그 이후에 주립대학교로 편입할 때 공부한 학점(credit, 크레딧)을 100퍼센트 인정해 준다. 1~2학년 때 얻은 학점을 고스란히 주립대학교로 편입할 때 가져갈 수 있다. 거기에다 특혜까지 있다. 학점 3.0 이상이면 장학금도 받을 수 있다. 한마디로 공부한 만큼 나라에서 든든하게 지원해 준다는 교육 장려 정책인 셈이다.

학비가 싸다는 것도 유학생인 나에게는 솔깃했다. 다른 종합대학 학비의 1/3 정도면 가능했다. 그러니까 한 과목당 천 달러 정도가 든다. 우리나라 돈으론 약 백만 원, 5과목을 들으면 500만 원인 셈이다. 종합대학의 평균 한 학기 학비는 18,000~20,000달러 수준이니, 우리나라 돈으로 학기당 3천만 원 정도이다. ESL 코스 수업료도 학기당 5천 달러이다. 그 돈으로 영어만 배우느니 같은 돈으로 영어도 배우고 다른 전공과목 학점도 딸 수 있다면 무엇을 선택하겠는가? 나의 선택은 이미 정해졌다.

많은 사람들은 왜 이 방법을 잘 모르는 것일까? 아니 알았다 하더라도 선택하는 데 주저하는 것일까? 답은 자명하다. 우리나라 사람들이 얼마나 타이틀을 중요하게 생각하는지 알지 않는가? 하버드나 컬럼비아가 아니면 유학 다녀왔다고 명함도 못 내밀 정도로 한국 사회에서는 간판이 중요하다. 그러니 칼리지라고 하면 덜 좋고 덜 배우는 대학이라고 생각하는 것도 어떻게 보면 당연한 일이다. 하지만 최소한의 시간과 비용을 들여서 내가 목적하는 바를 얻을 수 있다면 굳이 외면할 필요는 없지 않을까? 미국에까지 와서 타이틀 따위에 가치를 둔다면 이곳에 온 의미가 무엇일까?

그 길로 보스턴에 있는 매사추세츠주립대학교의 분교 커뮤니티 칼리지인 벙커힐 커뮤니티 칼리지(Bunker Hill Community College in Boston)를 찾았다. 멋진 캠퍼스들을 자랑하는 여러 명문 대학들에 비해 외양상으로는 너무 보잘것없었다.

'이런, 콘크리트 건물과 잔디밭이 전부라니. 운동시설과 도서관도 너무 작고. 휴, 할 수 없지.'

이미 이런저런 대학들을 구경하고 학생들의 분위기를 맛본 나는 여러 가지로 속이 상했다. 하지만 지금으로서는 별다른 선택의 여지가 없었다.

고등학교 졸업증명서를 제출하자 입학에 따른 절차가 이루어졌다. 몇 가지 시험을 보았다. 영어 수준이 어느 정도인지, 어떤 과목을 공부할 수 있는지 등을 점검하는 기본 과정이다. 모든 테스트는 컴퓨터를 통해 이루어졌다. 테스트를 받는 즉시 점수가 나오고 최종적으로 나의 영어 실력 등급과 앞으로 내가 어떤 과목들을 이수할 수 있는지가 결정되었다.

나의 영어 테스트 결과는 ESL 넘버 원, 미국 고등학교 학생들이 배우는 맨 마지막 레벨인데 이 수업을 패스해야 들을 수 있는 과목이 있고, 본 과정의 수료 없이도 수강할 수 있는 과목이 있다고 한다. 이 말은 부족한 영어 수업을 받으면서 능력 범위 안에서 원하는 과목들을 동시에 이수할 수 있는 기회를 얻었다는 것이기도 했다. 영어 실력을 필요로 하는 문학과 법률 분야의 과목은 ESL 코스를 모두 들은 후 수강이 가능하지만, 상대적으로 영어활용도가 떨어지는 과목들, 예를 들어 과학, 생물, 수학 등의 분야는 대학에 들어가 곧바로 수강할 수 있었다.

4년제 대학은 아니었지만 시간과 비용 면에서 적어도 반년, 혹은 1년까지도 시간을 벌게 되었다. 이제 출발선 안에 제대로 들어온 모양이다. 남은 것은 힘차게 앞으로 전진하는 것뿐이다.

힘차게 전진!

그렇게 커뮤니티 칼리지 생활이 시작되었다. 전공은 평소에 관심이 있었던 생물학(biology)을 선택했다. 전공을 정하자, 생활 속에서 영어를 가장 많이 접할 수 있는 실용적인 방법을 찾았다. 그것은 바로 현지인 친구들을 활용하는 것이다. 커뮤니티 칼리지에는 상대적으로 한국인 유학생이 적었다. 그러다 보니 자연스럽게 미국인 학생들

겨울, 보스턴 찰스 강 앞에서.

과 어울려 공부할 수 있는 환경이 마련되었다. ESL 코스에서는 충분히 배우지 못했던 생활영어를 현지인 학생들과 함께 공부하고 생활하면서 하나하나 배워 나갔다. 내가 대학 생활 중 터득했던 영어 공부 방법을 몇 가지 소개한다.

첫째, 24시간 텔레비전을 틀어 놓았다. 딱딱한 뉴스 프로그램이나 하루 종일 노래만 나오는 음악 채널보다 시트콤이나 오락 등 재미있는 프로그램 채널을 선택했다. 꼭 앞에 앉아서 뚫어져라 프로그램을 보라는 것이 아니다. 보든지 말든지 한국말 대신 영어가 계속 귀에 들리게 만들어 놓아야 한다. 신기하게도 석 달이 지나니 텔레비전 속 대사들을 알아듣게 되었다. 단어 하나하나가 정확히 한국말로 무엇인지를 그때그때 해석하려 하는 건 금물이다. 들리는 그대로 머릿속에 입력해야 한다. 그러다 석 달 정도 지나면 한국말로 무슨 말인지를 생각하기 전에 영어 자체로 머릿속에 입력되고 이해된다. 그리고 방청객 웃음소리 효과에 맞춰 나도 따라 웃게 된다.

둘째, 한국인이 아니라 미국 친구를 룸메이트로 삼았다. 내가 배워야 할 중요한 영어 표현은 룸메이트에게서 모두 배웠다. 가장 중요한

보스턴에서 지금은 치과의사가 된
친구 동호와 함께.

공부 포인트이다. 영어 공부는 여기서 대부분 이루었다고 해도 과언이 아니다.

셋째, 현지화하려고 노력했다. 간단한 예로, 웹서핑 때도 한국의 네이버나 다음 사이트에 들어가지 않고 구글 영문사이트를 방문했다. 페이스북 계정을 만들어 다양한 미국 친구들과 교류했다. 사소한 것에서조차 영어로 하는 습관이 몸에 배게 만들어 미국 사람처럼 생각하고 생활하려고 노력했다.

많은 유학생들이 미국에 오면 한국 텔레비전 프로그램을 다운받아서 보고 네이버와 다음을 찾아서 웹서핑을 즐기며 미니홈피에 들어가 그리운 이에게 소식을 전한다. 왜 미국에 와서 한국 사이트를 들어가는가? 미국에 오면 철저히 미국 사람이 되어야 한다. 그래야 그 나라의 언어 습관과 회화 패턴을 긍정적으로 습득할 수 있다. 마음은 한국에 있는데 영어가 머릿속에 들어올 리 만무하다. 언어라는 것은 철저한 훈련이고 노력이다.

"영어 실력이 늘지 않아. 공부해도 모르겠어, 너무 어려워."

이런 말은 '나 노력하지 않았어'라는 말과 같다. 처음부터 영어를 잘하는 사람은 없다. 될 때까지 노력해 보았는가? 미국 드라마를 얼마나 많이 찾아보았는가? 페이스북을 개설했는가? 이와 같은 작은 생활 패턴의 변화가 큰 결과를 낳는다.

많은 유학생들은 영어로 진행되는 수업을 잘 따라갈 수 있을까 하는 점을 걱정한다. 하지만 우리나라 수업도 마찬가지이다. 선생님의 말로 100퍼센트 수업이 진행되는 과목이 몇이나 될까? 모두 교과서와 프린트물, 참고서 등과 함께 공부하지 않던가. 그리고 예습하고 수업을 들으면 그 수업의 70퍼센트 이상은 이미 머릿속에 그려진 상태이기 때문에 러시아어나 이탈리아어로 된 수업을 듣는다 해도 크게 문제 되지 않는다. 과학 분야의 논문이나 책은 내용의 반 정도가 도표와 수식 등의 그래픽 데이터로 이루어져 있다. 당연히 빠르게 이해된다. 또 중고등학교 수업처럼 한 글자 한 글자 외우고 수식을 푸는 학습이 아니라 대학 수업은 전체를 그려서 이해해 나가는 과정이기 때문에 오히려 더 쉬울 수 있다. 두려움을 떨쳐버려야 한다. 그 두려움이 미래를 망쳐버릴 수도 있기 때문이다.

　나 역시 예외는 아니었다. 처음 미국 땅을 밟았을 때 내가 잘할 수 있을까 하는 막연한 두려움이 있었다. 어렵게 학교를 정하고 본격적으로 공부가 시작되면서도, 수업 진도를 잘 따라갈 수 있을까 하는 근심 때문에 속을 태웠다. 하지만 이런 생각들은 영어에 대한 두려움의 장막이 걷히면서 조금씩 재미로 변했다. 한 학기 한 학기 지날 때마다 영어 실력이 늘고, 전공과목을 공부하는 데서 오는 즐거움도 맛볼 수 있었다.

나는 루저가 아니야!

처음에 커뮤니티 칼리지로 가겠다고 했을 때 나눴던 D형과의 대화가 떠오른다.

　"ESL 한 학기 다니면서 천천히 생각해 봐도 되는데, 너무 급히 결정하는 거 아니니?"

"형! 내가 여기에 오기까지 얼마나 돌아왔는지 잘 알잖아. 그 끔찍한 고통 다 견디면서 여기까지 왔어. 더 이상 시간을 낭비하고 싶지 않아."

"사실 여기 유학생들도 커뮤니티 칼리지로 가는 방법을 모르는 건 아니야. 하지만 왜들 안 가는지 알기나 하냐?"

"대체 왜 안 가는데?"

"네가 만약 커뮤니티 칼리지 다닌다고 하면, 여기 유학생들은 널 보고 루저(loser)라고 손가락질할 거야. 루저, 알지? 실패자, 멍청이 등등 이런 닉네임이 줄줄이 따라다닐 거라고. 그렇게 무시당하면 좋겠냐? 여기까지 유학 온 애들이 돈이 없어서 커뮤니티 칼리지 가겠냐고? 돈 있으니까 ESL 다니면서 관광도 하고 문화생활도 즐기면서 입학시험 준비하는 거지. 돈 없는 학생들이나 다니는 데라고 업신여긴단 말이야. 알겠어? 난 그게 걱정된다."

돈 없으면 유학도 못 간다는 인식, 그런 생각이 드는 것도 무리는 아니다. ESL 코스 학비만 해도 웬만한 대학 학비보다 많고 여기서 먹고 자고 생활하는 데에만도 1년에 거의 1억 원 가까이 든다는 학생도 있다. 또 보스턴은 유학생들이 넘쳐나는 곳이니까 물가도 비싼 축에 속한다. 하지만 말하지 않았는가, ESL 코스에서 무엇을 배우는지. 학비를 벌어들이기 위한 대학정책에 따라 고무줄처럼 늘어난 커리큘럼대로 따라하다가는 말 그대로 몇 억 깨지는 것은 순식간이다. 그러니 유학은 돈 있는 집안 아이들이나 간다는 말이 나오는 것이다.

하지만 학비를 반으로, 아니 그 이하로 줄일 수 있다면 이야기는 달라진다. 바로 내가 커뮤니티 칼리지에서 시작한 것처럼 말이다.

유학 기간을 단축하면 그만큼 생활비를 줄일 수 있고, 수업료를 줄일 수 있으면 그만큼 오래 미국 땅에서 살아남을 수 있다. 한마디로 커뮤니티 칼리지는 맨 땅에서 가진 것 없이 시작하는 사람들을 위해 존재하는 교육기관이다.

지금도 여전히 한 학기에 수천에서 수만 명씩 등록하는 보스턴의 여러 ESL 학원들은 절대 추천하고 싶지 않다. ESL 코스를 추천하고 학교지원서 써 주는 데 수십만 원씩 챙기는 한국의 유학원들을 따라 미국에 와 봤자 허송세월만 할 게 빤하기 때문이다. 차라리 대학의 교환학생으로 와서 공부를 하든가, 아니면 어학연수 대신 커뮤니티 칼리지에서 공부하다가 한국에 돌아가는 방법도 괜찮다. 한국의 대학교도 나름대로의 기준이 있겠지만, 그곳에서 얻은 학점이 그대로 한국 대학에서 인정되는 경우도 많다. 진짜 미국 학생들과 생활하고 싶고 돈이 그리 넉넉하지 않은 유학생들에게, 또 아직 영어 실력이 부족한 학생들에게는 더 없이 좋은 기회의 문을 열어 주는 곳이 바로 커뮤니티 칼리지이다. 더 이상 돈이 없어서, 영어를 잘 못해서 무작정 유학이라는 꿈을 포기하는 사람들이 없었으면 좋겠다. 더 많은 기회가 기다리고 있는데 '돈과 영어'라는 높은 벽에 막혀 시도도 해 보지 않고 주저앉는다면 얼마나 안타까운 일인가?

커뮤니티 칼리지는 대학의 문턱이 낮아 다양한 레벨의 학생들이 존재한다. 환경에 휘둘리지 않고 열심히 공부하면 좋은 기회를 잡을 수 있고, 의지가 약해서 환경에 좌우되면 낭패를 볼 수 있다. 하지만 그것은 유니버시티를 가나 커뮤니티 칼리지를 가나, 다른 어떤 곳을 가도 마찬가지이다. 공부하는 분위기, 공부에 대한 열정은 누가 주는 게 아니라 나 자신이 끄집어내야 할 중요한 요소라는 것을 잊지 말자. 내가 문을 두드리지 않으면 절대 문은 열리지 않는다.

커뮤니티 칼리지를 선택하면서 나는 D형의 집을 나와 혼자 살게 되었다.

고마운 선배, 서동익

커뮤니티 칼리지를 알아보는 데 많은 도움을 준 고마운 선배가 있다. 서동익, 그 이름만 들어도 미소가 나올 만큼 내가 신뢰하고 존경하는 형이다. 누구보다 큰마음으로 후배들을 감싸 줘서 유학생 선후배들의 정식적인 지주가 되어 주었던 형. 나는 내 선택이 옳은 것일까 고민하고 있을 때 형과 나눴던 대화가 기억난다.

"준형아, 누가 뭐래도 네가 자랑스러워. 뒤늦게 다시 시작해서, 뭐

벙커힐 커뮤니티 칼리지 졸업식에서
장학생으로 단상에 오른 나.

든지 열심히 하는 네 모습이 이 형 눈에는 참 좋아 보인다. 어딜 다니면 어떠니? 한 걸음씩 정진해 나가는 데 의의를 두면 되는 거지. 힘내라! 형이 응원하마!"

"고마워요, 형! 저 한번 지켜봐 주세요."

*

여러 사람의 도움 속에서 나는 즐겁게 학교를 다녔다. 재미와 즐거움은 효율을 높인다. 그 결과가 수치로 나타났다. 2년 공부해야 할 커뮤니티 칼리지 과정을 1년 반 만에 평균학점 3.75로 졸업하게 된 것이다. 평균학점 3.75 이상의 졸업생에게 부여되는 타이틀인 숨마 쿰라우디(summa cum laude)를 거머쥐었다. 3.0 이상이면 매사추세츠주립대학교에 자동적으로 편입할 수 있는 자격이 주어지는데 3.75라는 성적은 장학금까지 받을 수 있는 성과였다.

내 인생의 또 하나의 스텝을 완성하는 순간이었다. 하지만 그 스텝은 말 그대로 하나로서 완전한 것이 아니라 또 다른 산을 오르기 위한 중요한 디딤돌이었다. 늦게 시작한 만큼 조급하지 않게 천천히, 하지만 그 하나하나가 견고하게 다져질 수 있도록 최선을 다했다.

STEP 4
메사추세츠의 봄

1. 황금의 청춘기

메사추세츠 애머스트의 봄

"그래, 잘했다. 네 힘으로 헤쳐 나가는 모습이 무엇보다 자랑스럽구나."

아버지는 내가 메사추세츠주립대학교에 장학금을 받으며 다니게 됐다는 소식을 듣고 무척 대견해하셨다. 그리고 건강을 우선으로 챙기라고 거듭 당부하셨다. 부모님께 금전적으로나마 부담을 안겨 드리지 않으며 공부할 수 있게 된 게 나로서도 무척 다행이었다.

*

D형을 의지하고 보스턴으로 행로를 결정한 뒤 2005년 무작정 보스턴 공항에 도착했던 그때가 떠오른다. 유학에 대한 정보가 백지나 마찬가지인 상태에서 백방으로 수소문하여 겨우 보스턴대학교의 ESL 코스에 안착했지만, 곧 실의에 빠졌다. 또 공인어학점수 없이는 절대 받아주지 않았던 높은 대학 문턱에 좌절하기도 했는데……. 토

플 점수 하나 없이 맨땅에 헤딩하며 미국에 온 지 1년 반 만에 벙커힐 커뮤니티 칼리지를 우수한 성적으로 졸업하고, 2007년 바이오케미컬(bio-chemical) 분야에서 미국 대학 순위 13위인 메사추세츠주립대학교 애머스트 본교에서 공부를 시작하게 되었을 때에는 온 세상이 발아래에 놓인 듯 자신만만했었다.

하지만 입학을 하고 보니 아직 힘겹게 넘어야 할 산이 얼마나 남아 있는지조차 알 수 없었다. 아아, 나를 바라보며 당당하고 환하게 웃어 본 적이 언제였는지 모르겠다. 웃음이란 스스로에게 보내는 화해와 격려의 메시지이고, 여유와 만족의 결과물이라고 하던데, 나는 언제 스스로에게 고마운 웃음을 선물할 수 있을까?

떳떳한 타이틀을 가지고 한국으로 돌아가겠다는 목표는 추상적이기 그지없었고, 그것은 어떻게 보면 유아기적 발상이라고 할 만큼 당장은 뚜렷한 계획도 없는 것이었다. 목하 발등에 떨어지는 엄청난 양의 과제 앞에 정신을 차릴 수가 없었다.

하지만, 나는 매사추세츠대학교에 입학하면서 나에게 주는 졸업선물로 약속 1가지를 맺었다.

"김준형! 대학을 마칠 때 최우등 졸업을 따내자!"

과연 해낼 수 있을지 아무도 알 수 없는 일일 테지만, 나는 스스로를 추켜올렸다. 나는 할 수 있다고, 그리고 꼭 해내고야 말리라고.

*

'오늘 할 일은 반드시 오늘 끝낸다.'

학업에 있어서 내게 단 하나의 원칙이 있다면, 잠을 못 자더라도 그날 주어진 과제를 미루지 말고 마무리한다는 것이다. 다른 특별한 기량이나 재주가 없었던 내게는 오직 정면승부만이 유일한 해결책이었다. '대학에서 요구하는 대로 열심히 따라갔다'는 것은 매일매일 전쟁을 치렀다라고 이해해도 좋을 법하다.

전공인 바이올로지(생물학)에는 색다른 매력이 있었다. 자연과 동식물, 인간의 생명에 대한 포괄적인 연구를 하는 생물학은 모든 학문의 기초를 이루었다. 생물학을 전공하면 의과대학에 지원할 수 있는 자격이 주어진다. 미국에서는 과학 분야를 전공하면 다른 문과생들보다 졸업 후 취업할 수 있는 길이 넓었다. 시간이 지나면서 나는 메디컬 비즈니스에 차츰 관심이 생겼다. 메디컬 비즈니스는 새로운 의학 기계와 기술들을 개발하고 그것들을 운영하는 새로운 분야이다. 인공 생체와 관계된 참신한 분야이고, 가난하고 아픈 사람들을 위해 신기술을 사용할 수 있으며, 또 다른 비즈니스에 비해 이윤이 탁월하다는 점이 흥미를 끌었다. 그리고 교통사고의 경험이 자연스럽게 생명을 다루는 이 분야에 관심을 갖고 도전하게끔 만들었던 것 같다. 생물학과 더불어 경제학을 복수전공하기로 했다.

11번의 장학금

본격적인 학기가 시작됐다. 가장 먼저 해결해야 할 난관이 수강 신청이었다. 어떤 공부를 어떻게 할 것인지 전략을 짠 뒤 커리큘럼을 구성해야 과목 간의 안배와 학기 간의 관련성도 높일 수 있을 것이다. 공강 시간을 최대한 줄이기 위해서, 친구와 함께 듣기 위해서, 학점을 잘 딸 수 있을 것 같아서, 상대적으로 강의가 쉬울 것 같아서 등은 선택의 이유에서 빠져야 한다. 나는 학기 초 꼬박 사흘을 과목 정하는 일에 공을 들였다.

우선, 과목 선택에 있어서 이번 학기뿐만 아니라 다음 학기, 아니 향후 두 학기까지 무엇을 들을 것인지 미리 계획을 세웠다. 이번 학기에 들은 과목에 어떤 과목을 더하면 공부의 시너지 효과가 나는지를 면밀히 따져 보고, 과목의 경중(輕重)을 정확히 짚어 보았다. 상대적으로 어렵지 않게 학점을 딸 수 있는 과목과 많은 시간을 투자해야 할 비중 있는 과목을 선별해 보았다. 난해하고 오랜 시간 공을 들여야 하는 과목은 오히려 편입 첫 학기에 신청했다. 많은 학생들이 입학 후 첫 학기에는 힘들여 공부를 안 하리라 생각했기 때문이다. 남들이 주저할 때 조금 어려운 과목을 들어 두면, 다른 사람들이 쉽게 포기하는 과목에 일찍이 투자한 만큼 A학점을 받을 수 있을 것이라고 판단했다.

결과적으로 나는 한 학기에 총 24학점을 신청하고 모두 다 만족할 만한 학점을 취득했다. 신체학, 동물의 행동학, 유기화학, 거시경제, 미분수학과 실험연구 등의 과목을 골고루 신청하여, 다른 학생들이 두 학기에 수강하는 학점량을 단 한 학기 만에 끝낸 것이다. 같은 학비를 내고 2배를 공부한 셈이니 손가락으로 어림짐작해 봐도 엄연한 이득이다. 과목당 3학점씩 8과목을 한 학기에 마친다는 것은 물리적으로 불가능해 보일 수 있다. 하지만 나는 그 불가능에 도전했고 나름대로의 성과를 거두었다.

과목 정하기는 전투와 같아서 세부적인 전술이 필요하다. 세밀한 계획 없이 무턱대고 공부벌레처럼 들이 판다고 이루어지는 것이 공부가 아니다. 또한 생물학처럼 자연계 과목의 경우, 전공 관련 래버러토리(laboratory, 연구) 시간을 되도록 많이 확보하는 것도 팁이다. 한 학기 24학점 가운데 적어도 10학점 이상을 랩으로 선택하고, 나머지는 아주 어려운 과목 1개, 보통 난이도 과목 3개, 그리고 쉬운 과목 1개를 조합하였다.

랩은 교수님의 연구를 도와 어시스턴트(assistant, 조수)로 참여하는 것이다. 조수로 참여하면 연구보조비 명목으로 웨이지(wage, 임금)가 시간당 평균 12달러 정도가 지급된다. 가난한 유학생들에게는 단비 같은 금액이다.

하지만 돈보다 중요한 랩의 장점은 바로 담당 교수와 친해질 수 있다는 데 있다. 하루에도 몇 시간씩 연구소 안에서 함께 생활하다 보면 아무리 외국인이라도 사람 사이에 정이 두터워질 수밖에 없다. 그것은 대학 졸업 후 취업의 기회가 넓어진다는 말과 동일하게 받아들여도 좋을 것이다. 미국에서는 취업할 때 담당 교수의 추천서가 합격 여부를 가르는 중요한 잣대로 인식되고 있고, 그만큼 교수의 재량권이 크게 허용된다. 바로 취업을 하지 않더라도 다른 연구소의 인턴으로 활동할 수 있는 절호의 기회도 만날 수 있다. 또한 학교 내에서 장학금이 지급될 때에는 팔은 안으로 굽는다고 아무래도 같은 연구소에서 일하는 학생에게 돌아가는 경우가 많다. 나는 랩을 통해서 100달러에서 많게는 1,000달러까지 총 11번의 장학금을 받았다. 11번이나 장학금을 받았다는 것은 실력과 열의뿐만 아니라 사교성까지 인정받았다는 증거라고 보면 된다.

랩의 좋은 점은 이뿐만이 아니다. 랩은 시험을 봐서 점수를 매기지 않는다. 하루도 빠지지 않고 정해진 시간에 근무하는 성실함을 보이면 A학점은 따 놓은 당상이다. 이처럼 랩 과목은 평균 학점을 상승시키는 주요 성공 요인이다. 유난히 부지런한 우리 한국 유학생들이 랩을 잘 활용한다면 학점에 대한 보증과 함께 졸업 후 취업도 틀림없이 보장될 것이다. 나아가 경제적으로 힘든 유학 생활에 장학금으로 숨통을 틔울 수 있는 일석삼조의 효자 과목이 될 수 있다. 찾아보면 이러한 이점이 있는 과목들이 여럿 있다. 정보가 미흡하고 신중하지 못해서 쉽게 받을 수 있는 A학점을 놓치는 것도 한편 실력이 모자란다는 근거가 될 수 있다.

나는 애초에 다른 학생들처럼 편하게 지낼 생각이 없었다. 열아홉에 고등학교를 졸업하고 재수, 삼수를 하며 숱한 방황과 사고를 겪었다. 우여곡절 끝에 미국에 와서도 누구의 도움도 받지 못한 채 커뮤니티 칼리지에 입학했고 1년 반 뒤에 유니버시티로 편입했다. 내 나이 벌써 스물일곱, 인생의 어두운 터널이었던 교통사고를 이겨 내고 재활의 시간을 지나 여기만큼 오기까지 많은 길을 돌아왔다. 그러면서 시간이 황금보다 더 가치 있고 귀중하다는 것을 배웠다. 정규 수업이 진행되는 봄학기와 가을학기에 나는 내가 가진 모든 에너지를 매진하여 쏟아 부었다.

여름방학은 인생의 몰입기

애머스트에서의 첫 여름방학을 맞았다. 미국 대학의 여름방학은 3개월이나 된다. 살다 보면 인생의 호기(好期)가 적어도 네 번은 찾아온다고 생각하는데, 나는 그것을 대학의 여름방학이라고 말하고 싶다. 그 기간을 어떻게 보내느냐에 따라 그 사람의 진로가 달라진다고 말할 수 있을 만큼 중요하다고 감히 자신한다. 그래서 나는 과감한 변신을 시도했다.

대부분의 학생들은 봄학기에 4과목, 가을학기에 4과목을 듣고, 미달 학점은 여름방학 때 개설되는 서머스쿨을 통해 보충한다. 그런데 과연 이런 방식이 효율적인지 다시 생각해 봐야 하지 않을까? 학기 중에 집중하지 못해서 여름방학마저 나머지 공부에 매달린다면, 과연 다음 학기를 경쾌하게 시작할 수 있을까? 오히려 봄학기에 5과목, 가을학기에 5과목을 죽도록 공부하고, 여름방학에는 자신만을 위한

지금은 의사가 된 친구와 함께 하와이에 서핑을 배우러 가서.

특별 계획을 세운다면 어떨까?

자고 싶으면 자고, 놀고 싶으면 놀자. 하루 12시간 3개월이면 1,100시간이다. 여행, 다이어트, 외국어 공부 등 무엇을 못하겠는가? 여름방학은 몰입의 계절이다. 나만의 세계로 더욱더 깊이 빠져들어 가기로 작정을 했다.

나는 세 번의 여름방학 중 한 번은 마음껏 여행을, 한 번은 중앙아메리카 과테말라에서 집짓기 봉사활동을, 그리고 나머지 한 번은 골프를 쳤다. 그중에서 가장 기억에 남았던 것은 바로 과테말라 집짓기 봉사활동이었다.

2년 전 벙커힐 커뮤니티 칼리지 재학 시절부터 '쇽웨이브즈 봉사 클럽[S.H.O.C.W.A.V.E.S.(Students Helping Our Communities with Active Volunteer Experiences and Service) Volunteer Club]'이라는 봉사활동 단체에 가입해 있었는데, 그 클럽은 전 세계적으로 대학생들에게 바람직한 봉사활동 기회를 제공해 주었다.

비행기와 버스를 갈아타고 도착한 과테말라 빈민가의 모습은 처참하기 이를 데 없었다. 집이 너무 낡아 여기저기 비가 새는 곳이 많고, 식수조차 제대로 공급되지 않아 기본적인 의식주 생활을 영위하기에는 매우 열악한 환경이었다. 우리는 먼저 다녀갔던 봉사자들이 지은 집에서 3주간 숙식하면서, 현지인들과 함께 그들의 작은 보금자리들을 만들어 나갔다. 집을 짓는 일은 소박하지만 열정적인 몸짓이었다. 특별한 기술은 없어도 자신의 노동력을 제공하여 새로운 집이 완성되어 갈 때마다 봉사자들은 환호성을 질렀다. 햇볕에 그을리고 비지땀을 훔치면서 현지인들과 뜨거운 사랑을 나누었다. 경험해 보아야만 왜 그렇게 많은 학생들이 집짓기 봉사활동에 지원하는지를 알게 된다. 과테말라 아이들의 웃는 모습을 마주할 때의 뿌듯함과 감동은 무엇과도 바꿀 수 없다.

그렇게 나는 1년마다 맞는 여름방학 3개월을 지금까지 맛보지 못한 자유를 마음껏 누리며 보냈다. 학기 중에 끈질기고 치열하게 공부한 끝에 얻어낸 달콤한 휴식은 그 무엇과도 바꿀 수 없는 천상의 꿀맛이었다.

먼저 뛰어간다고 결승점에 앞서 도착하는 것은 아니라고 스스로를 위안하면서 또래보다 늦은 출발을 끊임없이 격려했다. 대학 졸업 후 사회에 빨리 적응하고 승진하는 것도 보람 있는 일이다. 하지만 나는 내 미숙함을 심사숙고하고 보완한 뒤 조금 늦게 시작하는 것도 그리 괴로운 일만은 아닐 것이라고 자위했다. 사회에서 더 오래 살아남고 좀 더 가치 있는 시간을 보내기 위해 충분히 연습을 하는 것도 의미 있는 일이니까.

'끝까지 가기 위해서는 출발점이 중요하긴 하지. 하지만 출발이 전부는 아니야. 어떻게 끝까지 가느냐가 더 중요해. 안 그래? 김준형!'

운동에 대한 사랑, 끈질긴 자기관리

메사추세츠 애머스트에서 외곬의 공부가 가능했던 것은 운동에 대한 지극한 사랑 때문이었다고 해도 과언이 아니다. 변치 않는 나의 유일한 벗, 운동. 어렸을 때부터 운동을 좋아해서 즐겼고, 교통사고로 망가진 몸을 원상태로 회복하기까지에도 꽤 많은 시간을 운동에 투자했다. 더구나 지금도 완전히 회복된 상태는 아니다. 격렬하게 뛰는 것은 어쩌면 죽는 날까지 한 번도 할 수 없을지도 모른다.

'하루만 쉬자.'

다쳤던 몸을 핑계로 어쩌다가 운동을 거르고 싶을 때도 있었다. 한 번 쉬면 두 번, 세 번 같은 일이 반복될 것이다. 유학 생활에서 나를 지탱해 주는 힘은 철저하고 끈질긴 자기관리뿐이다. 부실한 몸을 핑계 삼아 나태해질 때마다 다시 나를 채찍질했다.

운동은 시간관리가 중요하다. 2시간 동안 운동할 계획이라면, 운동 전후로 다른 과제와 계획들을 적절히 배치해야 한다. 하루 중 가장 중요한 일과 덜 중요한 일 등으로 등급을 매기고 우선순위에 따라 시간을 안배한다. 펜토미노 퍼즐처럼 나의 시간들은 조화롭게 어울린다. 운동 덕분에 내 인생은 제법 짜임새를 갖추었고 시간과 시간 사이에, 일과 일 사이에 재미있는 연관과 체계가 만들어졌다.

운동을 열심히 했더니 미국 현지 학생들과도 친해졌다. 함께 땀 흘리는 운동은 특히 남자들 사이에 특별한 의미를 부여한다. '우리는 이미 친구'라는 암묵적인 동의를 선사한다. 동양인이라고 해서 차별하거나 무시하지 않는다. 같이 어울려 운동하는 사이에 우정을 나누고 정보를 공유했다. 운동이 우정을 다져 준 결정적인 힘이었다. 친구들은 함께 토론했고 같이 기뻐하며 밥을 먹었고 또 파티에 초대하여 정을 나눴다. 이때 만난 여러 나라의 친구들이 지금까지 내게 큰 힘이 되어 준다.

Photo by Haruehun Airry

타이 방콕에 사는 사진작가인 친구가 운동하는 나를 찍었다. 이 사진은 사진전과 잡지 등에 사용되었다.
ⓒ Haruehun Airry.

이런 운동 습관이 나에게 가져다 준 또 하나의 중요한 변화는 바로 식습관에서 일어났다. 운동을 꾸준히 하는 동안에는 피자와 햄버거 등 칼로리 높은 음식에는 손을 대지 않았다. 이런 인스턴트식품은 혀의 감각을 짜릿하게 만족시키고 맛있는 음식이라고 착각하게 만든다. 이에 맞서 '이것들은 분명 맛있지만 내게 필요한 음식은 아니야!'라고 지속적으로 주문을 건다. 대신 닭 가슴살과 샐러드, 계란 흰자, 우유 등을 챙겨 먹었다. 하지만 이것들이 더 맛있다. 왜냐하면, 이것이 나에게 더 필요한 것이기 때문이다.

　'음식의 맛은 혀가 아니라 뇌로 느끼는 것이다!'

*

　한국에서 교통사고 후 전문 트레이너와 함께 70킬로그램까지 체중 조절에 성공하기는 했지만, 체중 조절은 평생 지속적인 관리를 해야만 하는 난적(難敵)이다. 한창 체중 조절할 때는 셀러리와 토마토, 그리고 물만 먹고 다이어트를 한 적이 있다. 정말 배가 고팠다.

　'배고프면 살이 빠지는 거니까, 그러니까 오히려 더 기쁜 거야.'

　마음속으로 배고픔을 달래기 위한 주문을 또 걸었다. 머리를 쥐어뜯으며 배고픔을 기쁨과 맞바꾸려고 노력했다. 좀 더 확고한 철학을 갖기 위해 대학에서 영양학 수업을 듣기도 했다. 친구들은 그런 나를 '독하다'고 했다. 패스트푸드 천국인 미국에서 햄버거는 입에도 대지 않았고 피자도 사절했으니 말이다. 휘핑크림과 튀김은 끝까지 내 음식 목록에 들어갈 수 없었다.

　운동을 꾸준하고 재미있게 하고 싶다면, 우선 발에 잘 맞는 멋진 운동화를 한 켤레쯤 사는 것도 나쁘지 않다. 어디를 얼마나 달릴지 결정하고 신발끈을 묶어 보자. 멋진 몸이 만들어지면 자신감도 절로 생긴다. 어디에 가든 주눅 들지 않고 당당하게 된다. 내 몸은 튼튼해지고 심리적으로 안정되니 덩달아 사회생활에서도 유리한 위치에 서게 된다.

　몸이 건강해야 마음도 건강해진다. 부모님과 떨어져 지낸 세월, 혼자서도 내 생활을 잘 가다듬고 빚어내는 것이 가족에게 진 마음의 빚을 조금이나마 갚는 길이라 여겼다. 가족에 대한 그리움은 항상 그림자처럼 날 따라다녔지만, 향수에 젖어 있기보다는 씩씩하게 달리고 또 달렸다.

　'김준형! 약해지면 안 돼. 나다운 것이 무엇이냐? 진정한 나다움을 찾기까지 전진, 또 전진뿐이다!'

　몸을 정돈하니 마음도 가지런히 정리된다. 운동은 유학 기간 동안 나를 지탱해 준 가장 든든한 버팀나무였다.

2. 유학 중에 알뜰하게 사는 방법

아르바이트하며 공부하며

아마도 많은 사람들이 '유학' 하면 떠올리는 것 중 하나가 바로 돈 문제이다. 부모님의 경제력으로 수년 간의 외국 생활이 가능할까? 대학이나 대학원 때 유학하는 경우는 그래도 좀 나은 편이지만, 중고 등학생 때부터 유학을 하게 되면 기러기 가족에, 부담해야 할 비용이 웬만한 집 한 채 값을 호가한다. 특히 보스턴이라는 도시는 미국 내에서도 물가가 높기로 유명해서 유학생들에게 금전적인 문제가 항상 골칫거리이다.

하지만 유학비용 때문에 유학을 떠나는 데 주저하거나 망설인다면 '절대 그러지 말라'고 말해 주고 싶다. 실제 많은 학생들이 큰돈 들여 유학길에 오르고 많은 외화를 사용한다. 나 역시 첫 학기와 둘째 학기까지는 학비와 생활비를 부모님으로부터 전액 지원을 받았다. 그 이후에는 학비 정도만 부모님께 의지하고, 아르바이트를 하면서 생활비를 조금씩 벌기 시작했다. 장학금을 받게 된 이후에는 부모님께 부담을 거의 지우지 않았다.

지금 당장 금전적인 여유가 없더라도 유학의 꿈을 접지 말기를 바란다. 커뮤니티 칼리지는 공인영어시험 성적이 없어도 입학이 가능하며 학비도 상대적으로 저렴하다. 내가 생활비를 벌었던 방법 몇 가지를 소개할까 한다.

*

유학 생활을 하는 동안 공부 다음으로 많은 노력을 기울였던 것 중 하나가 바로 아르바이트였다. 나는 보여 주고 싶었다. 정말 돈이 없으면 유학 생활이 불가능한가 하는 것을. 오히려 돈을 벌면서도 유학 생활을 즐길 수 있지 않을까, 하는 모험심이 발동했다.

한 학기가 지나면서 대학 수업에 어느 정도 적응되자 본격적으로 아르바이트에 뛰어들었다. 미국은 학생들이 돈을 벌면서도 공부할 수 있는 기회의 나라였다. 그것도 무한대로 열려 있다. 결국, 나는 미국에서 돈을 꽤 벌면서 학교를 다녔다. 결과에 대한 평가보다는 학업

미국 뉴욕에서
DJ 아르바이트를 하는 모습.

중에 이런저런 방법을 찾아내려고 했던 나의 도전정신을 가상하게 여겨 주신다면 감사하겠다. 새로운 시도를 통해 내가 얻은 또 하나의 성과는 경제적인 관념과 자신감이었다. 이것은 유학 생활이 준 또 하나의 기쁨이다.

우선 장학금을 받는 방법이 있다. 물론 학교를 잘 활용해야 한다. 앞서 밝힌 바대로 랩 과목을 수강하면 다른 과목에 비해 손쉽게 학점을 받을 수 있다. 여러 연구실에서 어시스턴트로 일하면 연구보조비 명목으로 일정 금액을 지급받는다. 한 달에 많게는 천 달러까지도 가능하다. 교수님과의 친분은 졸업 후의 진로에도 결정적인 영향을 준다. 높은 학점에 금전적인 수익까지 함께 따라오니 이보다 더 좋은 기회는 없다는 것을 명심하기를 바란다.

또한 성적이 어느 정도 올랐을 때에는, 아너 소사이어티(Honor Society)에 가입하기를 권유한다. 이곳은 일정 학점 이상을 받은 학생들에게 가입 자격이 주어지는 학생자치기구이다. 얼마 전에 우리나라에도 서울대 공대에서 이러한 기구가 출범한 것으로 알고 있다. 우수 학생을 선발해 리더의 자질과 소양을 갖추도록 육성하는 것이 목적이지만, 아너 소사이어티에 가입하게 되면 덤으로 한 학기당 250달러 정도의 학비가 공제된다. 명예도 얻고 금전적 혜택도 받는 일석이조의 일이 아닌가!

학교 밖에서는 훨씬 더 짜릿한 다양한 기회들이 숨어서 기다리고 있다. 기억에 남는 아르바이트 중 하나가 대리운전이다. 물론 미국에는 대리운전 서비스가 없다. 최근 조선일보 지면에 대리운전자들의 극악한 환경과 극심한 노고를 보도한 모 기자의 르포 기사를 읽은

적이 있는데, 그것을 읽으면서 우리나라의 실태에 대해 적잖이 놀라고 슬펐다. 지금은 스마트폰의 대리운전 애플리케이션이 인기를 누리고 있다니 경쟁이 날로 치열해지고 있는 것이 분명하다.

미국에 무슨 대리운전인가 하고 갸우뚱해할 수도 있겠으나, 이것은 내가 고안한 블루오션이다. 그동안 부모님께 받은 학비와 생활비, 어시스턴트 일을 해서 받은 장학금, 그 외의 여러 가지 기회를 통해 생긴 돈으로 뭉칫돈을 만들어 중고차를 하나 장만했다. 중고차가 없었다면 이 깜찍한 아르바이트를 해내지는 못했으리라.

유학 생활을 마치고 한국으로 돌아가려면 뉴욕에 있는 존에프케네디국제공항을 이용하게 된다. 보스턴에서 공항까지는 택시로 약 400달러의 비용이 드는 거리이다. 양손에 짐을 가득 안고 기차를 타기에는 선뜻 엄두가 안 난다. 카풀(car pool)! 동일한 목적지까지 승용차 함께 타기 캠페인을 응용한 서비스.

나의 중고차에 공항에 갈 유학생을 모은다. 4명이 되면 출발한다. 비용은 택시와 똑같은 400달러이다. 단, 1인당 100달러만 내면 된다.

"오케이!"

유학생들의 만족도가 높았다. 국제공항에 무사히 도착한 유학생들은 모두 감사인사를 퍼부었다.

"와우, 이렇게 저렴하고 안전하게 실어다 주다니, 준형 씨는 멋쟁이!"

1/4 가격으로 같은 한국인 학생이 운전하는 차를 타고 안심하고 공항까지 갈 수 있다는 입소문 덕분에 여름방학마다 이 아르바이트는 내게 좋은 돈벌이가 되었다. 1회 왕복에 기름값 100달러를 빼고

도 내 손에는 300달러가 남았으니, 어떤가? 기가 막히지 않는가? 거저 돈을 쥐어 줘도 왕복 8시간의 지겨운 운전은 사양하겠다고 하실 분들에게는 고된 노동일 뿐이겠지만 말이다. 졸업할 때까지 매년 여름방학 때마다 보스턴에서 뉴욕의 국제공항까지 적어도 스무 번은 한국 유학생들을 위한 서비스를 한 것 같다.

나는 뉴요커 광고모델

유학 중에 했던 모델 아르바이트도 돈을 벌면서 나름대로 재미있는 경험을 했던 일 중의 하나였다. 처음에는 학교 모델로 선정되어 화보 촬영할 기회가 있었는데 이것이 계기가 되어 주변에서 많은 연락이 왔다. 꾸준히 몸을 관리한 덕분인지 한 광고회사로부터 모델 일에 대한 제안을 받았다. 정말 우연치 않게 뉴욕 스탠포드호텔(Stanford Hotel)의 텔레비전 광고를 통해 모델로 데뷔했다. 메인 모델은 아니었지만 데뷔작 덕분에 의류 등의 화보 촬영 작업이 쏠쏠히 들어왔다. 이때부터 보스턴과 뉴욕을 오가며 학생 신분으로 전문 모델 활동을 했다.

한국에서 뉴욕으로 화보 촬영을 하러 올 때, 상대 모델로도 여러 번 참여하기도 했다. 한번은 가수 황보 씨가 뉴욕에 화보 촬영차 왔다가 남자 모델이 필요하다고 해서 함께 찍을 기회가 생겼다. 급하게 연락을 받고 달려간 터라 걱정을 많이 했다. 그런데 편안한 분위기에서 연출되어 즐겁고 멋지게 촬영을 끝낼 수 있었다.

〈왼쪽 위〉뉴욕에 화보 촬영차 온 가수 황보 씨와 함께 촬영 중인 모습. 〈오른쪽 위〉모델 데뷔작인 뉴욕 스탠포드호텔 텔레비전 광고. 〈왼쪽 아래〉롯데호텔에서 로열살루트 스카치 광고 촬영 중. ⓒ 노블레스. 〈오른쪽 아래〉태국에 수출했던 의류 광고 사진. ⓒ Haruehun Airry.

    모델 일은 처음 하는 일이어서 어색하기도 했지만, 곧 즐기면서 할 수 있을 정도로 적응이 되었다. 아, 나의 최대 장점은 아마도 강력한 적응력일 것이다. 어떤 환경에 처하더라도 두려워하거나 위축되지 않고, 주어진 상황을 즐길 줄 아는 생존 테크닉. 모델 일을 하면서 적지 않은 돈을 벌 수 있었고, 덤으로 한인 사회에 나를 알릴 수 있었다. 이후에도 맨즈헬스(Men's Health), 지큐(GQ), 하이틴도쿄(High-Teen Tokyo) 등의 잡지 광고모델, 잡지 의상모델, 케이블 방송용 CF 등에서 때때로 활동을 했다. 맨즈헬스와 지큐는 세계 여러 나라에서

〈위〉뉴욕을 소개하는 잡지 화보의 한 장면에 등장. ⓒ WWD. 〈왼쪽 중간〉 중국에서 사용된 랄프 로렌 의류 광고 사진. ⓒ 박경진. 〈오른쪽 중간〉 '산을 좋아하는 젊은이' 컨셉트로 산악용품을 광고하는 잡지 화보. ⓒ allure. 〈왼쪽 아래〉 '하이틴도쿄' 잡지 화보. 〈오른쪽 아래〉 '맨즈헬스' 잡지 화보. ⓒ 임유승.

인기 있게 판매 중인 남성 라이프스타일 및 패션, 건강 잡지이다.

꼭 모델 일을 하기 위해서만은 아니었지만, 미국 유학 중에 건강관리를 열심히 했다. 단적으로 햄버거는 딱 두 번 먹었고 피자나 튀김종류, 휘핑크림이 들어간 음식은 손에 대지 않았다. 음료수도 커피보다는 과일주스를 선호했다. 친구들이 '저 독한 놈' 하고 손가락질할 정도로 살찌는 음식은 절대 사양했다. 미국에도 샐러드바와 같이 채소와 과일을 먹을 수 있는 기회가 많았다. '미국인들' 하면 콜라와 맥도널드를 쉽게 떠올리는데, 의외로 건강에 신경 쓰는 사람들이 더 많다.

*

돈을 아끼는 것도 돈을 버는 방법 중의 하나이다. 유학 생활비 중상당 부분을 차지하는 것이 집세인데, 집세는 보통 월세로 선지불한다. 이때 서블릿(sublet)이란 전대(轉貸) 시스템을 잘 활용하면 생각하지 못한 이익이 생긴다. 여러 개의 방이 딸린 아파트가 있는데, 보통 이런 집은 방 하나하나를 유학생들에게 개별적으로 세를 준다. 그런데 어떤 사정에 의해서 계약 기간을 채 못 채우고 아파트가 통째얼마간 비게 되는 경우가 있다. 그때 당사자는 얼마간이나마 제3자에게 방을 다시 빌려 주고(우리나라에서는 '전전세'라고 표현) 손해를 최소한으로 하고 싶다. 사정이 급하다 보니 정상가보다 30퍼센트 이상 렌트비가 내려간다. 상대적으로 저렴한 기숙사에서 살기에는 좀 답답하고 학교 밖에서 렌트하기에는 비용이 부담스러웠던 학생들에게, 이것은 찾기 어려운 좋은 기회이다.

이때 내가 등장한다. 아파트를 통째로 재렌트한 뒤, 기숙사보다는 조금 높고 일반 렌트비보다는 약간 낮은 수준에서 개별적으로 룸을 렌트하면 수요가 폭발한다. 물론 차액이 발생한다. 나 역시 방 하나를 쓰면서 이때 전기료와 수도세 등을 다른 룸메이트들과 나눠 내면 생활비까지 절약할 수 있다.

　나뿐만 아니라 다른 나라의 유학생들도 이러한 서블릿 시스템을 선호하는 이유는, 현지인들과 자연스럽게 룸메이트가 되어 어울릴 수 있고, 더불어 언어 습득도 그만큼 빨라지기 때문이다.

　음식점 서빙이나 아기 돌보는 일도 권장할 만한 전통적인 아르바이트이다. 현지인들이 자주 오는 음식점이나 미국인의 집에서 일할 경우, 영어 실력도 늘 수 있다. 직접 몸으로 부딪치는 것보다 더 빨리 습득할 수 있는 방법은 없다.

　'돈 때문에 유학 가기 힘들 것 같다'라는 생각은 어느 정도는 버려도 좋을 듯하다. 자신감이 부족하거나 꿈에 대한 열정이 모자라다는 이유로 유학을 주저한다면, 그것도 한방에 날려 버리자. 내가 진정으로 원한다면 이룰 수 있다. 혹시 자신이 정말 원하는 것이 뭔지 잘 몰라서 망설이고 있다면 그것은 정말 안타까운 일이다. 하지만 모르는 상태로 떠난다 해도 도전하면 많은 정보와 기회를 얻을 수 있다. 진실로 유학을 가고 싶다면 과감히 떠나라. 물러서지 말고 당당하게 정면으로 승부하라.

＊

　유학 생활에 도움이 되는 사이트 하나를 소개하겠다. 유학 기간 동안 craigslist.com으로부터 많은 도움을 받았다. 쉽게 말해 이 사이트는 온라인 벼룩시장이다. 이 사이트와 친숙해지는 순간, 생활비의 많은 부분을 절약하게 될 것이다. 집을 구할 때, 룸메이트를 찾을 때, 가구가 필요할 때, 아르바이트를 찾을 때, 친구를 찾을 때, 도움을 요청할 때, 광고를 낼 때, 물건을 팔 때, 사람을 구할 때, 필요한 모든 종류의 것들을 지역별로 직거래할 수 있도록 만들어 놓았다. 정말 훌륭하다. 무료로 가구나 가전제품을 준다는 광고도 많으니 꼭 참고하길 바란다.

3. 하버드 메디컬센터

나의 주임교수님, 쿤켈

수업에 재미도 붙여 가고, 학점도 생각했던 대로 받을 수 있었고 아르바이트로 자신감 있는 생활을 꾸려 가고 있던 대학교 3학년 봄, 뜻밖의 제안이 들어왔다. 2년 내내 미국 '바닷가재 질병에 관한 연구(Finding a factor that causes American lobster shell disease)' 랩 수업을 들었는데, 쿤켈(Kunkel) 주임교수님이 어느 날 자신의 방으로 나를 호출했다. 쿤켈 교수님은 폴리머 과학(polymer science), 해양생물학(marine biology), 거시분자생물학(macromolecular biology), 즉 해양 생태계와 동물들에 대한 연구를 전공하셨는데, 특히 바퀴벌레를 비롯한 갑각류의 연구 분야에서 최고의 권위를 자랑하셨다. 백발이 성성하고 동그란 얼굴에 무테안경을 쓰신 모습은 전형적인 이웃집 아저씨이다. 늘 웃음이 가득하고 인자하게 학생들을 바라보시지만, 안경 너머의 눈빛만은 학자의 예리함을 감출 수 없었다.

랩에서 쿤켈 주임교수님과 킹크랩 연구에 몰두하고 있는 나.

방으로 찾아갔더니, 쿤켈 교수님은 나를 바라보시다가 조용히 입을 떼셨다.

"Do you have any specific plan for this coming summer?"

이번 여름방학에 특별한 계획이 있냐고? 흠, 당연히 내게는 해야할 일들이 쌓여 있지만, 무언가 짜릿한 일들이 기다릴 것 같은 예감이 말초신경을 따라서 전해져 왔다.

"No. Is there anything I do for you?(특별히 없어요. 혹시 제가 뭔가 해 드릴 게 있나요?)"

그러자 쿤켈 교수님은 한동안 뜸들이다가 종이 몇 장을 건네며 한마디 하셨다.

"Can you fill this up by this month?"

이번 달까지 이 서류를 작성할 수 있겠냐는 거였다. 일단 내용을 훑어보니 '대나 파버 하버드암센터(Dana-Farber/Harvard Cancer Center)'의 '여름 인턴지원서(Summer Intern Application)'였다. 아니, 내게 하버드 메디컬센터에서 일할 기회가? 난 애써 기꺼운 내색을 감추며 말했다.

"Yes, sir."

미국인들이 즐겨 쓰는 말, 'Is there anything I do for you?'라는 한 문장이 가지고 있는 힘은 생각보다 엄청나다.

'나는 당신을 위해 무엇이라도 할 준비가 되어 있다. 나는 어떤 것이라도 할 수 있는 능력이 갖춰져 있다. 만약 부족하더라도 최선을 다할 것이다. 나는 누구보다 근면, 성실하며, 무엇이든지 최선을 다해 노력할 자세가 되어 있다.'

이 모든 섬세하고 예민한 내용들이 저 한 문장 속에 숨어 있다. 매우 공손하면서도 자신감을 한꺼번에 드러낼 수 있는 함축적인 의미를 갖고 있다. 물론 말뿐이라면 곤란하겠지만, 항상 친절하고 어떤 궂은일이라도 꿋꿋이 해내겠다는 마음가짐은 어떤 관계에서든지 통하는 모양이다.

교수님 방을 나온 순간 "와우!!"라는 감탄사가 절로 튀어나왔다.

'하버드라니……'

짧지만 여름 한 학기 동안 연구할 수 있는 기회가 내게 주어질지도 모른다는 기대감에 하루 종일 들떴다. 지원서를 빠짐없이 작성하여 드리자, 교수님께서 바로 추천서를 써 주셨다. 그리고 약 한 달 후 하버드암센터의 담당자로부터 메일 한 통이 도착했다.

Dear Joonhyung,

Congratulations! You have been selected as a finalist for the CURE program at Dana-Farber/Harvard Cancer Center. The next step is a personal interview to discuss your application with members of the CURE Advisory Committee.

I will be in touch later this week to set up an interview time.

Please don't hesitate to be in touch with questions.

Best regards

대너 파버/하버드암센터의 여름 인턴에 합격했다는 통지서였다. 합격했다는 사실이 믿기지 않아서 모니터를 한참 들여다보고 또 들여다보았다. 갑자기 대학 합격도 못하고 방황하던 20대 초반의 그 힘든 시절이 떠올랐다. 대학에 가고 싶었으나 턱없이 실력이 모자랐고, 방황과 상처로 얼룩졌던 나의 스무 살, 그때는 누가 상상을 했을까.

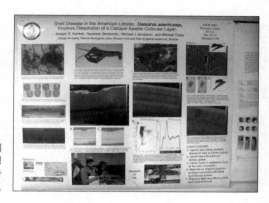

주(州) 대학생 사이언스 컨퍼런스에 메사추세츠주립대학교의 여러 장학생 대표 중 한 명으로 참여하여 발표한 나의 연구내용.

랩에서 연구 중인 나.

인생의 끔찍한 터널을 빠져나와 이렇게 희망의 빛으로 반짝거리는 길을 걸어가고 있을 나를 말이다. 하버드암연구센터의 여름 인턴 합격통지서를 받고 나는 소리 없이 울었다. 주체할 수 없이 눈물이 흘렀다. 대형 교통사고가 일어났을 때도, 수 개월의 입원 끝에 퇴원하던 순간에도, 그리고 매사추세츠대학교에 입학했을 때에도 울지 않았던 나였다. 마음 깊은 곳에서 솟아나오는 커다란 감격과 흥분을 어떻게 전할 수 있겠는가? 그동안 나를 에워쌌던 참혹한 고통과 계속된 좌절을 떨쳐버리는, 환희와 희망의 눈물이 쏟아져 나온 것이다.

나는 무조건 감사드렸다. 하느님께, 부모님께, 그리고 그날의 교통사고까지도.

하버드암센터 인턴에 합격하다

보스턴의 롱우드(Longwood) 지역에 위치한 하버드암센터의 부속

기관인 대나 파버 암센터(http://www.dana-farber.org/)는 암에 대한 전문 병원이자 연구소이다. 2007년 6월 8일부터 인턴으로 뽑힌 30여 명의 학생과 함께 환자들의 협조 아래 암에 대한 조사와 어시스턴트 역할을 수행하게 되었다. 암의 근본적인 퇴치 및 치료를 위해서 발전적인 연구와 결과물들을 얻어 내는 동안 나는 무척 고무되어 있었다.

- Assisted team members with determining the effectiveness of treatments for common cancers by evaluating patient outcomes, focusing on quality of life, in a routine care setting
  (생활습관으로부터 발생할 수 있는 암의 종류 조사 및 관련성에 대한 리서치)
- Evaluated cost and cost-effectiveness of new and established interventions to prevent, detect, and treat cancer
  (실용화를 위해 새로이 연구되는 암 예방, 치료, 발견 등의 과제에서 드는 비용의 효율성 조사 및 비교)
- Identified determinants of cancer patients' quality of care, characterize barriers to optimal patient care, and develop approaches to eliminate those barriers
  (암 환자들의 치료 수준 및 만족도 조사와 불편한 점의 리서치 및 해결 방안 강구)

그런데 안타깝게도 쿤켈 교수님의 연구에 긴급히 합류해야 하는 바람에, 나는 두 달의 프로그램에 끝까지 참여하지는 못했다. 하지만 하버드암센터에서의 경이로운 경험은 나의 유학 생활에서 하나의 분수령을 이루었다. 전보다 더 강한 자신감이 자리하게 되었고, 또한 아주 새로운 사고를 하게 되었다.

'나처럼 방황했던 청소년들을 위해 최선을 다하고 싶다.'

하버드암센터에서 돌아온 어느 날, 문득 좌절과 실패가 끝이 아니라 바로 그때가 인생의 또 다른 시작이라는 것을 알 수 있도록, '나 같은' 혹은 '나 같았던' 청소년들에게 나의 이야기를 들려주고 할 수 있는 한 그들을 돕고 싶다는 생각이 간절히 솟구쳤다. 참으로 신기한 경험이었다. 나에게 어떻게 그런 발상을 할 수 있는 구석이 있었단 말인가. 나 스스로도 내가 기특하게 여겨졌다. 사람은 만들어지고 또 변한다는데, 그것도 백 번, 천 번 변하는가 보다.

'후배들, 조금만 기다려. 조금만 눈을 돌리면 더 크고 넓은 세상이 있다고. 내가 아는 모든 것을 반드시 알려 주고 말겠어.'

4. 최우등 졸업, 숨마쿰라우디

캠퍼스의 파릇한 잎들이 싱그러움의 절정을 마음껏 보여 주는 2009
년 5월, 매사추세츠대학교의 졸업식이 거행되었다. 매 학기 최고 학
점을 받기 위해서 부단히 노력한 결과 나는 평균 3.75학점으로 최우
등 졸업의 영광을 거머쥘 수 있었다. 최우등 졸업 숨마쿰라우디는 학
점 평균 3.75 이상의 학생들에게 부여되는 이름이다. 더구나 한 학기
에 24학점을 수학하여 1년을 앞당긴 3년 만의 졸업이었으니 감회가
남다를 수밖에 없었다. 매사추세츠 100년의 역사 동안 매년 재학생
수 2만 5천 명 가운데, 한 학기에 24학점을 수학한 학생은 내가 유일
무이했다.

나는 나 자신과의 약속을 지켰다. 입학 때 스스로에게 다짐했던 최
우등 졸업을 달성했으니 말이다. 지난날을 돌이켜보니, 다른 사람에
게 도움을 받지 않고 자신의 힘으로 생활과 학업을 수행하려 한 덕분
에 악바리처럼 살았던 벙커힐과 애머스트에서 보낸 총 3년의 세월이
감개무량했다. 한국에서 방황한 만큼, 동년배의 친구들보다 최소한

메사추세츠주립대학교에서 최우등(숨마쿰라우디)으로 졸업하는 모습.

3년은 뒤늦게 시작한 만큼, 나는 뼈저린 절박함을 느꼈던 것이다. 만약 한국에 남아 있었다면, 재수에 삼수까지 한 자신을 스스로 창피해하면서 주눅 들지 않았을까? 자신감마저 잃고 세상의 반대편에서 움츠러든 채 허망하게 살고 있었을지도 모르겠다.

미국 랭킹 13위의 대학을, 그것도 최우등 졸업의 영예를 안고 마치게 되니 스스로 기특하게 여겨졌고, 또 가족 모두에게 행복과 기쁨을 선사할 수 있게 되어 감사했다. 그동안 부모님께 끼쳐 드린 근심을 조금이나마 덜어 드린 것 같아 내심 흡족했다.

부모님께는 매 학기 성적표를 이메일로 보내드렸다. 3.75 이상의 평균 학점을 보시고 늘 답장을 써 주셨다.

'준형아, 아빠 엄마는 너무 많이 울었단다. 그저 감사하구나. 네가 살아 있다는 사실만도 감사한데, 이렇게 장하게 해내고 있다니 그저 고마울 따름이다. 정말 고맙다. 건강하거라.'

부모님께서는 잘했다는 말씀을 아끼셨다. 예전의 나로서는 상상할 수 없는 일, 시련과 고난을 딛고 새롭게 태어난 자식이 무엇인가 해내려고 발버둥치는 모습이 대견하셨던 것이다. 대학원에 진학하

졸업식 이모저모.

여 계속 공부할 계획이었기 때문에 부모님께 졸업식에 굳이 오시라는 말씀을 드리지 않았다. 그런데 인생의 묘미는 생각지도 못한 인연에 있는가 보다. 대학원 진학은 기약할 수 없는 일이 되어 버렸다.

*

졸업식 날, 포근한 햇살이 학교 잔디밭과 학사모 위로 쏟아졌다.

졸업식에서 친구들과 함께.

아침부터 졸업식 준비로 캠퍼스는 한껏 들뜨고 분주했다. 매사추세
츠대학교의 졸업식은 최우등 장학생들은 실내에서, 일반 졸업생들은
야외에서 나눠 거행된다. 가운을 입고 보니 정말 졸업을 하는구나 하
는 실감이 났다. 최우등 졸업생들에게는 오른쪽 어깨에 노란 띠를 매
게 한다. 그들만의 자부심을 갖게 하기 위해서이다.

100명가량의 최우등 졸업자들이 한 명 한 명 단상으로 올라가 교
수님들과 악수하고 졸업장을 받을 때면 모두들 열렬한 박수를 보냈
다. 얼마나 많은 노력과 땀의 결실인지 누구보다도 잘 알기 때문이

다. 드디어 내 차례이다. 단상에 기운차게 올라 악수를 나누고 감격스럽게 졸업장을 받았다. 가슴 속에 형언할 수 없는 뜨거운 무엇인가가 차올랐다. 혈혈단신으로 미국으로 건너올 때 비행기 안에서 했던 다짐이 떠오른다. 나 스스로에게 당당한 모습이 아니면 차라리 죽겠노라는 그 다짐 말이다. 미국 땅에 처음 발을 디딘 순간부터 잊어 본 적이 없었던 그 약속. 두 번째 허락 받은 내 생명, 의학적으로도 설명이 불가능했던 삶을 다시 일구며 살아온 지금까지 하루하루가 소중하지 않은 날이 없었다. 졸업장을 하늘로 휙 날려 보았다.

'이젠 또 다른 꿈을 꿀 차례야.'

*

함께 공부했던 몇몇 친구들은 대학원에 진학했다. 나 역시 대학원에서 메디컬 비즈니스 쪽을 공부할 생각으로 하버드 메디컬스쿨 오릴캔서센터에 지원했다. 경력을 쌓은 후 MBA를 거쳐 다양한 의학 분야에서 비즈니스 파트너로 일할 계획이었다.

그때 함께 수학했던 친구들은 현재 대학원을 졸업하고 의학박사가 돼 있거나 매킨지와 같은 세계적인 컨설팅회사에 다니고 있다. 예정대로라면 나 역시 대학원을 졸업한 후 연구원이나 메디컬 비즈니스 현장에서 뛰고 있었을 것이다. 그런데 내 진로는 전혀 예상치 못한 곳으로 흘러가고 말았다. 그것도 운명이라면 운명이라고 해야 할까?

5. 삼성전자에 입사하다

가족들과의 해후

2009년 1월, 대학 졸업을 앞두고 부모님을 만나기 위해 잠깐 한국에 들렀다. 한국을 떠난 뒤 3년 만의 첫 방문이다. 비행기에서 창밖으로 스치는 구름만큼이나 많은 생각들이 한꺼번에 지나갔다.

집에 도착하니 어머니는 나를 부여잡고 하염없이 눈물을 흘리시며, 연거푸 하느님께 감사하다는 말씀만 되뇌셨다. 속만 썩이다 사고를 내고 또 훌쩍 떠났다가 돌아온 자식의 손을 잡으신 어머니는 마음에 품고 계셨던 회포를 푸셨다.

"건강 말고는 더 이상 바랄 게 없었는데……. 어디 보자, 준형아, 내 아들아. 이제 어디서도 어린아이 같던 모습은 찾아볼 수 없구나."

아버지는 나를 품에 안고 "잘 돌아왔다"고 등을 두드려 주셨다.

*

집에 돌아온 며칠 후, 거실에 앉아 함께 텔레비전을 보는데 아버지가 말문을 여셨다.

"준형아, 이제 앞으로 무엇을 할 생각이니?"

"글쎄요, 대학원에 진학할까 생각 중이에요."

"너도 그렇고, 나나 네 엄마도 점점 나이가 들어서, 네가 한국에 들어와 살면 어떨까 하는 생각을 해 봤단다. 공부한다고 너무 오래 떨어져 지내는 것 같아서 말이다."

"……."

평소 속내를 잘 내비치지 않으셨는데, 자식을 많이 그리워하셨나 보다. 나는 한동안 답을 하지 못했다. 자식을 곁에 두고 싶어 하시는 것을 보며 문득 그동안 내가 부모님의 연세에 대해 무감각했음을 깨달았다. 갑작스럽게 떠났던 재활여행, 오랜 유학 생활을 계산해 보니, 햇수로 5~6년이다. 불현듯 너무 내 생각만 하고 쫓기듯 살았던 게 아닐까 하는 반성이 들었다.

"한국에 있는 회사에 들어가는 건 어떻겠니?"

마침 텔레비전에서는 삼성에서 신입사원을 모집한다는 광고가 나오고 있었다.

"좀 생각해 볼게요."

아버지의 말씀을 들으니 그동안 세심하게 고려하지 못했던 것들이 새삼 크게 다가왔다. 특별한 말씀 없이 묵묵히 지켜보시기만 했던 때문이었던가, 나는 가족과 함께 지내는 것을 염두에 두지 않았던 것이다. 대학원에 진학해서 계속 공부할 친구들과 활기가 넘치는 미국의 캠퍼스, 그리고 도전해 보고 싶었던 메디컬 비즈니스 등 수년 간 내가 몸담아 왔던 생활의 편린들이 파노라마처럼 눈앞으로 흘러갔다.

한국에서 직장을 갖는다는 것은, 미국에서의 내 계획을 일시적이든 영구적이든 포기하는 것을 의미했다. 나는 중대한 선택의 기로에 서 있었다.

*

삼성전자는 내게 어떤 회사였을까? 텔레비전, 냉장고, 세탁기, 청소기, 그리고 휴대폰 등 태어나면서부터 지금까지 일상생활에서 자연스럽게 접하던 친근한 회사. 문득 보스턴에서 외국인 친구들과 대형 마트에 갔던 기억이 떠올랐다. 마트의 텔레비전에서는 레드삭스 팀의 경기가 방송되고 있었다. 이날 경기에서 레드삭스 팀은 멋진 승리를 거두었고 친구들과 나는 기분 좋은 환호성을 질렀다. 그러다 한 친구가 무심코 이렇게 말했다.

"그나저나 이 텔레비전 정말 장난 아니다. 이 화질 좀 봐. 역시 일본은 정말 대단해. 전자제품은 일본을 따라갈 자가 없어."

엥? 삼성이라는 로고가 버젓이 박혀 있는데도 친구들은 일본 회사인 줄 알고 있었다. 그때 나는 어깨를 쭉 펴고 목을 빳빳이 세운 뒤 바로 답변을 했다.

"삼성은 우리나라 회사야. 텔레비전은 타의추종을 불허하지. 한국이 일본을 넘어서기 시작했다고."

이때 나는 말로 표현할 수 없는 뿌듯함을 느꼈다. 내가 근무하게 될 회사라고는 생각하지 못했지만, 삼성전자가 우리나라 회사라는 사실에 자랑스럽고 감사했던 기억이 떠올랐다.

삼성전자에 지원하다

부모님의 뜻에 따라 한국 기업에의 입사를 고려해 보기로 했다. 그렇게 마음먹고 나니 갑자기 삼성그룹이 어떤 방식으로 신입사원을 뽑는지 궁금해졌다.

'한번 치러 볼까?'

그때까지만 해도 삼성이 세계적인 기업이라는 단순한 정보만 갖고 있던 터라 어떤 시험을 어떻게 준비해야 할지 몰랐다. 그렇다고 다른 대기업 시험 준비를 해 본 적도 없었지만, 마음을 먹은 이상 주저할 틈이 없었다.

예전에 삼성전자 이건희 회장이 했던 말이 생각났다.

"제가 얘기하는 천재는 공부만 잘하는, 백점만 맞는 사람이 아닙니다. 각자 끼가 하나씩은 있고 놀기도 잘하고 공부도 효율적으로 하고 창의력이 뛰어난 그런 사람을 말하는 겁니다. 그런 천재 3명만 나오면 우리 경제는 차원이 달라질 겁니다."

이 말 안에서 이력서에 적힌 숫자만 보지 않겠다는, 대학 간판만 보지 않겠다고 하는, '열린 채용의 문'을 만들겠다는 의지를 보았다.

곧바로 삼성 홈페이지에 접속하여 희망 계열사 등을 기재한 지원서를 작성하고 아이디를 부여 받았다. 지원할 때까지만 해도 경험삼아 도전해 보는 정도였지, 내가 삼성맨이 될 거라고는 꿈에도 생각하지 못했다. 메디컬 비즈니스 관련 경력을 쌓을 생각으로 미국으로 다시 돌아갈 계획이었으니까.

'대한민국은 몰라도 삼성은 안다'라고 할 정도로 세계적 기업의 반열에 오른 삼성. 2009년 현재 창사 40주년을 맞은 삼성전자는, 2008년 매출이 121조 2,900억 원을 달성했으며, 곧 2009년 매출로 한국 기업으로서는 최초로 '100조-10조(연간 매출-연간 영업이익)' 클럽에 가입하게 된다.(2010년 기준, 삼성전자는 매출 153조원, 영업이익 17조원이라는 사상 최대 실적을 올렸다. 이것은 전 세계 전자기업 중 최대 규모이다. 미국 경제주간지 '비지니스위크'와 세계적인 브랜드 컨설팅업체 인터브랜드가 발표한 '글로벌 100대 브랜드' 순위에서 19위를 차지, 명실상부 세계 최고의 기업으로 거침없이 도약한다.)

*

'오호, 이것 제법 재미있는걸.'

홈페이지 접수 후 얼마 지나지 않아, 해마다 2~3만 명이 지원한다는 삼성 신입사원 모집에서 서류심사가 통과되었다는 연락이 왔다. 나는 점점 삼성그룹 입사에 구미가 당겼다. 하지만 그 다음이 더 문제였다.

'기출문제라고? 적성검사는 대체 또 뭔가?'

삼성뿐 아니라 한국 기업의 입사 시험을 위한 기출문제가 있다는 사실도 몰랐다. '기출'조차 한 번도 안 풀어 보고 시험장에 간다는 것은 말도 안 되는 상황이었지만, 내가 도대체 지금 어디서 기출문제를 구해서 풀어보겠는가? 시간도 마음도 여유가 없었다. 더구나 삼성직무적성검사(SSAT)라는 것은 처음 들어 보았다. 그런 게 있는지, 그게 대체 뭔지조차 몰랐을 만큼 준비가 되어 있지 않았지만, 한 단계씩 관문을 나아갈수록 각별한 흥미가 생겼다.

'이번 기회에 나 자신을 시험해 보고 싶다.'

가슴속에서 어떤 집념이 용솟음쳤다. 대한민국에서 가장 잘나가는 회사, 세계에서도 인정해 주는 글로벌 기업에서 과연 나를 받아 줄지, 받아 줄 정도의 능력을 갖추고 내가 돌아온 것인지를 직접 확인할 수 있는 기회가 아닌가. 다행히 나는 주어진 시험을 무사히 통과했다.

이제 남은 것은 종합면접뿐이다. 종합면접은 인성, 토론, 그리고 하나의 주제를 선택해서 의견을 논하는 프레젠테이션 면접 등 총 3가지로 진행되었다. 면접을 보는 중에 나는 조금 당황스러운 질문을 받았다.

"왜 바이오케미스트리(biochemistry, 생화학)를 전공했는데, 마케팅팀에 지원한 거지요?"

그렇긴 하다. 마케팅의 '마' 자도 공부해 본 적 없고 마케팅의 기본 공식 같은 것도 전혀 모르는 상태에서 이곳까지 올라온 게 어떻게 보면 기적이었다. 난 당황하지 않고 소신 있게 대답하는 것이 중요하다고 생각했다. 그리고 서두르지 않고 솔직하게 대답하기 시작했다.

"맞습니다. 마케팅을 공부한 적은 없지만 마케팅은 느낌이라고 생각합니다. 특별히 그 분야에서 쓰이는 기초 지식이 부족함에도 불구하고 저에게는 과학에 대한 전문 지식이 있습니다. 이것은 이 회사에서 원하는 마케팅에 대해 새로운 각도로 접근할 수 있는 또 다른 방법이 될 것이라고 생각됩니다. 과학이 바탕으로 깔린 마케팅 말입니다."

그리고 덧붙였다.

"혹시, 여기 계신 분들 가운데 과학을 전공하신 분이 계신가요?"

지원자가 배짱 좋게 면접관들에게 다시 질문을 하다니? 면접관들이 좀 놀라는 모습이었다. 그런 분위기에서도 의외로 여러 사람이 손을 들었다. 나는 기회를 놓치지 않았다.

　"저는 비록 마케팅을 전공하진 않았지만 제 소견은 이렇습니다. 전자제품을 만드는 회사에서도 모든 것의 기초는 과학이라고 생각합니다. 연구 개발은 물론이거니와 리서치, 마케팅, 나아가서 홍보까지도 과학이란 학문의 기초가 없이는 탄탄한 구조를 짜기 힘들 뿐 아니라 심도 있는 기획도 불가능하다고 생각합니다. 모든 학문은 서로 연계되어 있고, 그중 과학과 수학은 가장 기본이 되는 주춧돌이기 때문입니다. 저는 대학에서 생화학을 공부했고, 경제학도 복수전공했습니다. 마케팅 전문가가 꼭 마케팅을 전공해야 하는 것은 아니라고 봅니다. 얼마나 튼튼한 기획을 짜느냐, 얼마나 오래갈 수 있는, 더 멀리 내다보는 비즈니스를 전개하느냐는 조그마한 리서치에서부터 출발한다고 생각합니다. 저는 대학에서 11개의 프로젝트 리서치에 참여한 적이 있고, 전공 관련 3개의 유수 학문지에 발표된 연구에 참여했습니다……."

　어느새 면접이 끝나 있었다. 아마 나는 이때 이미 떨어져도 상관없다고 생각했던 것 같다. 기죽지 않고 소신껏 말했으니 어떠한 아쉬움도 남아 있지 않았다.

선택의 기로

그 후 한 달이 지났다. 가족들과 꿈같은 휴식시간을 보내고 5월에 있을 졸업식에 참석하기 위해 애머스트로 돌아왔다. 가족들은 내가 삼성그룹 시험을 보기는 했지만 미국에서 대학원에 진학할 것이라 의심하지 않았기 때문에, 졸업식에 참석하기 위해서 나와 함께 미국으로 오지는 않았다. 대학원 졸업식이 또 남아 있었으니까.

졸업 후 평온한 일상을 보내고 있을 무렵, 뜻하지 않게 삼성그룹으로부터 합격통보가 날아들었다. 나는 고개를 끄덕였다.

'적어도 지난 4년간 내가 공부한 것이 헛것은 아니었어.'

무작정 나는 기뻤다. 그리고 뿌듯했다.

하지만 기쁨도 잠깐, 인생은 가끔 즐거운(?) 고통을 던져 준다. 선택이라는 것이 이렇게 어렵고 고단한 일인지 몰랐을 만큼 난감한 사태가 일어나고 말았다. 연초에 지원해 놓았던 하버드 메디컬스쿨 오럴캔서센터에서 인턴 제안이 들어온 것이다. 정말 즐거운 비명을 질러야 할 순간이었지만, 나는 한동안 아무런 생각을 할 수 없었다.

양팔저울의 양 날개에 1개씩 올려놓은 뒤 무거운 쪽으로 의심 없이 선택할 수 있는 문제가 아니었다. 이것은 나의 십 년, 아니 수십 년의 미래를 결정할 수도 있는 매우 심각하고도 난처한 '최고위, 일등급' 문제였다.

삼성이 브랜드 가치나 연봉 측면에서는 당연히 유리했다. 합격통지와 함께 8월 1일까지 수원의 삼성연수원으로 도착해야 한다는 공지를 보니, 더욱 혼란스러웠다.

'가야 할까 말아야 할까. 여기에 남을 것인가, 돌아갈 것인가.'

삼성을 선택한다면, 미국 현지에서 일하며 메디컬 비즈니스맨의 능력과 경력을 꾸준히 쌓을 수 있는 기회는 아마 놓치게 될 것이다. 하버드암센터에서 근무한다면, 대학원에서 석사와 박사 과정을 밟고 그쪽 분야의 전문가가 될 수 있을 것이다. 미국에서 다양한 사람들과 교류할 수 있는 국제적 환경을 포기해야 한다는 것이 끝까지 나를 안타깝게 했다. 미국에 유학을 오고 전공을 선택하고 또 공부하면서 수년 간 겪었던 어떤 일보다도 어려운, 쉽게 해답을 찾을 수 없는 물음 앞에 나는 최선의 선택을 하기 위해 간절히 기도했다.

'나는 과연 무엇을 위해 공부를 했는가? 나 자신의 만족을 위해서, 부모님께 효도하기 위해서, 앞으로의 명예를 위해서? 나의 삶의 가치는 무엇인가? 나의 삶을 강고하게 지탱해 줄 철학과 원칙은 무엇인가?'

스물일곱의 나는, 다시 태어난 나의 인생을 좀 더 보람 있고 가치 있게 사용하기 위해서 멋진 선택을 하고 싶었다.

*

나의 고뇌는 오래 지속되었다. 거짓말 하나 보태지 않고 8월 1일 신입사원 연수가 시작되기 전날까지 고민했지만, 양단간에 결정을 보지 못하고 초조한 시간을 보내고 있었다. 7월 말경, 결국 범수 형에게 고민을 털어놓았다. 범수 형은 미국에서 치과의사면허를 획득하고 면허증을 부모님께 드리고 난 뒤 의사가 아닌 사업을 시작한 사람이다. 이미 나보다 먼저 그 같은 일을 경험한 선배였기에 내게 조언을 해 줄 수 있으리라고 기대했던 것이다.

"형, 대체 이럴 때 어떻게 해야 하는 거야?"

"준형아, 네가 진정 원하는 것이 의학도로서의 삶인지, 비즈니스맨으로서의 삶인지 생각해 보려무나. 모든 판단의 잣대는 네 안에 이미 있을 거야. 그것을 잘 들여다보고 어떤 일을 선택해야 행복하고 만족스러운 결과를 얻을 수 있을지 판단하기를 바란다. 그렇지만 나는 네가 삼성에서 네 꿈을 키워 나가는 것이 더 맞을 거라고 말하고 싶구나. 한번 도전해 봐!"

JYP엔터테인먼트 미국 부사장인 우석이 형을 통해 알게 된 박진영 대표도 이런 말을 해 주었다.

"하나에만 모든 열정을 쏟아도 될까 말까 한데, 그 에너지를 둘로 나눈다면 어떤 한 가지도 똑바로 할 수 없을 거야! 정말 네가 하고 싶은 걸 해!"

그러다 부모님 얼굴이 떠올랐다. 지금까지 무엇 하나 제대로 해 드린 것 없이 속만 썩인 아들인데, 아버지께서 직접 말씀하시지 않았던가. 이제는 곁에 있어 달라고. 미국 현지 시각으로 7월 31일 오전, 고민 끝에 비행기 티켓을 끊었다. 수원까지 가려면 서둘러야 했다.

급하게 내린 결정이어서 옷과 가구며 내가 쓰던 생활용품들을 정리할 틈이 없었다. 모든 것을 그대로 두고 몸만 빠져 나왔다. 내 가방 안에는 갈아입을 옷 몇 벌만 담겨졌다. 이렇게 떠났던 적이 또 있었지? 그래, 재활여행 때도 나는 옷 몇 벌만 달랑 들고 갔었지. 그래, 나는 다시 새로운 여행을 떠나는구나.

인천공항에 도착하니 8월 1일 새벽이다. 그 길로 바로 수원으로 내달렸다.

삼성전자 신입사원, 김준형

수원연수원에서의 신입사원 교육은 크게 세 단계로 진행되었다.

첫째, 그룹연수. 둘째, 삼성전자 연수. 셋째, 총괄연수. 가장 기억에 남았던 것은 그룹연수였는데, 삼성전자, 삼성카드, 삼성SDS, 제일기획 등 삼성의 전 계열사 신입사원들이 섞여서 조를 편성하여 프로그램 활동을 했다. 연수 한 달 동안은 이틀간의 휴가를 제외하고는 외출도 못하고 오전 6시부터 밤 10시까지 '기숙학원' 같은 촘촘한 일정을 소화했다. 밤 10시에 공식 일정이 끝났지만, 장기자랑을 위한 연극과 춤 연습, 그룹별 프레젠테이션 준비, 교육 과제 등으로 하루에 잘 수 있는 시간은 두세 시간밖에 되지 않았다.

연수 중에 M.A.T와 L.A.M.A.D.라는 프로그램이 있었다. M.A.T.(Marginal Ability Training)는 모여서 산에 올라가는 행군이다. 행군하다가 쓰러지는 사람도 있을 만큼 굉장히 힘든 훈련이다. 이 훈련을 통해서 팀워크를 기를 수 있었는데, 힘든 만큼 보람도 컸다. L.A.M.A.D.(Life Adjustment Marketing Ability Development)는 2명씩 팀을 이뤄 전혀 모르는 지역에 가서 제한시간 안에 불특정 다수에게 제품을 판매하는 훈련이다. 정글 같은 사회에서 어떻게 살아남아야 하는지, 생존적응훈련을 통해 도전의식과 자신감을 키울 수 있는 계기를 마련해 주는 프로그램이었다. 그 훈련을 통해 얻어진 이익 중 일부는 삼성사회봉사단에 기탁하기도 했다. 물론 고되고 힘든 훈련 및 연수 기간이었지만, 이 연수를 통해 각기 다른 계열사에 친구나 선후배를 만들 수 있어서 유익했다. 처음부터 순조롭지만은 않왔지만, 이 과정에서 나는 동료들과 팀워크를 어떻게 이루어야 하는 지 자연스럽게 체득할 수 있었다.

이러한 훈련 외에도 여러 강사들로부터 우리가 살아가는 데 꼭 필요한 지식과 정보들을 익힐 수 있는 고급 강의도 매일 들었다.

*

그런데 한 달 동안 진행된 신입사원 연수캠프에서 난 '왕재수'였을 가능성이 높다. 우선 주로 영어를 사용했으며 가끔 어눌하게 한국 말을 했기 때문이다. 친한 입사동기 하나는 이따금 그때 일을 이렇게 회상한다.

"준형, 너 그때 얼마나 재수 없었는지 알아? 교포인 줄 알았다니까."

4년 동안 입에 붙은 영어를 하루아침에 번듯한 한국말로 바꾸기란 쉽지 않았다. 유창하지 못한 한국말을 쓰느니 차라리 영어로 말하기로 결심했던 터였다. 그리고 외국어라는 게 매일매일 끊임없이 공부하고 사용하지 않으면 어느새 퇴화되는 속성이 있지 않는가.

미국 생활에 젖어 있던 나는 입사동기들과 한 달 동안 단체생활을 한다는 것이 적잖이 힘들었다. 미국은 개인의 사생활이 잘 보호되는 반면, 한국은 선후배 간의 관계를 중시하기 때문에 개인 시간보다는 단체활동, 팀워크가 주를 이루었다. 신입사원 중간평가 때는 이런 이야기도 들었다.

"김준형 씨는 다 좋은데 너무 개인 성향이 강한 것 같아요. 단체생활에 잘 어울리지도 않고."

하지만 나는 크게 개의치 않았다.

한 달 동안 정해진 주제에 대해 의견을 발표하는 시간이 많았는데, 그때마다 내가 제일 먼저 손을 들었다. 물론 떨렸다. 발표를 잘 못하면 어떡하나 하는 불안감도 있었다. 그런데 오히려 짜릿한 긴장감이 색다른 재미를 더해 주었다. 일단 부딪쳐 보니 떨리는 것도 차츰 줄어들었다. 많은 사람들 앞에서 나의 생각과 의견을 밝히는 모습이 진솔하게 보였나 보다. 동기들과 선배들이 나의 열정과 진정성을 차츰 인정해 주기 시작했다.

*

물론 이런 일도 있었다. 연수원에서 나는 하루도 빼놓지 않고 첫날부터 혼자서 연수원 운동장을 돌기 시작했다. 강의나 훈련 프로그램 중간중간 쉬는 시간을 틈타 홀로 달리기를 했던 것이다. 그럴 때마다 이런 소리가 들려오는 듯했다.

"진짜 저 자식 왜 저러냐? 저거 완전 외계인 아냐?"

나를 바라보는 눈초리가 실상 곱지는 않았다. 며칠이 지났을까, 따가운 시선에도 아랑곳하지 않던 내 모습에 감동을 받은 것일까? 오, 놀라운 일이 일어났다. 하나둘씩 나를 따라 뛰기 시작한 것이다.

'오, 세상에!'

뛰는 것은 건강에 좋다. 어쨌든 무슨 이유이든 좋다. 우리나라에서 날고 긴다는 인재들이 모인 이곳에서 그저 열심히 뜀박질을 하고 있는 내가 우습기도 하다. 그러나 이 사람들 사이에서 오로지 성실히 뛰는 것만이 내가 보여 줄 수 있는 최상의 움직임이었다. 며칠이 지나자 수십 명으로 그 무리가 늘어났다. 운동의 즐거움을 함께 나누었던 추억은 신입사원 연수에서 내가 얻은 덤이다. 그때 같이 달음박질

한 친구들과 지금까지도 친하게 지낸다. 삼성맨으로서의 나의 삶은
그렇게 시작되었다.

STEP 5

청춘, 시작은 있지만 끝은 없다

© 박경진

나는 언제나 생각한다. 핀 꽃보다 꽃봉오리를, 소유하는 것보다 희망을,
완성하는 것보다 진보를, 분별 있는 연령보다 청소년 시절을…… - 앙드레 지드

iMBC 강사가 되다

삼성전자에서 일을 시작한 지 얼마 지나지 않은 2009년 가을, iMBC
로부터 청소년을 대상으로 한 창의력 캠프에 강사로 와 달라는 제안
을 받았다. 담당자인 김미현 팀장은, KT의 손종민 뉴비즈니스팀 팀
장으로부터 청소년에게 도움이 될 만한 강사로 나를 추천받았다고
했다. 손 팀장이라면 일전에 삼성 전자책(e-book) 사업과 관련해서
함께 일했던 적이 있었다. 나는 좀 어리둥절했다.

"제가 강의를요?"

"예. 그렇습니다."

"우선 주제가 어떤 건데요?"

"글로벌 인재가 되는 법입니다."

"예? 그런데 제가 글로벌 인재인가요?"

나는 더 어리둥절해졌다.

"제가 들은 바로는 그렇습니다."

김미현 팀장은 망설이지 않고 친절한 답변을 들려주었다.

나는 문득 미국 유학 당시 하버드 메디컬센터에서 잠시 연구할 기

회가 주어졌던 그때가 떠올랐다. 언제가 될지는 알 수 없으나, 언젠가는 청소년을 위해, 나의 후배들을 위해 뭔가 할 수 있는 일을 하겠다고 결심하지 않았던가? 마음속에 품었던 또 다른 꿈을 펼칠 수 있는 기회가 뜻밖에 이렇게 나를 찾아와 주었다. 나의 아팠던 과거와, 또 내가 피땀 흘려 경험하고 노력했던 그 일들을 가감 없이 들려줄 수 있는 기회가 눈앞에 다가와 있었다.

'얼마나 감사한 일인가! 아직은 미력하지만, 방황하고 갈팡질팡하는 아이들을 위해 진솔한 말 한 마디 들려줄 수 있다면 어디든 사양치 않으리.'

청소년들의 손을 잡고 내 이야기를 해 줄 수 있다고 생각하니 설레는 한편 두렵기도 했다.

*

iIMBC와 일선 고등학교가 연계해서 개최하는 창의력 캠프는 각 학교마다 30~40명의 우등생을 선발해서 3박 4일로 진행된다. 시시각각 변하는 글로벌 사회 속에서 여러 가지 다양한 능력이 요구되는 시대에 멘토들의 특강을 통해 창의적 사고와 차별화된 글로벌 마인드를 갖게 하고 도전과 자극을 받을 수 있도록 기획된 프로그램이다. 나를 포함해서 15~20명의 강사들이 돌아가며 학생들에게 강의를 한다. 강사들의 면면을 보면, 구글, 네이버, IBM, GM 임직원, 영화감독, 대학교수 등 각 분야의 전문가들이 자리하고 있음을 알 수 있다. 그런 프로그램에 내가 참여할 수 있게 된 것이 영광스러웠다.

그중에서 내가 맡은 주제는, '글로벌 인재로서 갖춰야 할 기본 덕목'이었다. 영어를 유창하게 잘하는 것만이 아니라 끊임없는 도전,

자신을 사랑하는 마음, 한결 같은 도덕성, 그리고 열려 있는 삶의 태도 등을 나의 경험에 녹여 들려줄 계획이었다.

대체 지금의 청소년들은 어떤 처지에 있는지, 무엇이 고민일까 생각해 보고 또 이리저리 인터넷과 책들을 뒤져 보았다. 회사 일에만 몰두하다 문득 한국의 교육과 입시제도에 대해 관심을 갖게 되니, 새삼 많은 생각이 떠올랐다.

'내가 입시 준비할 때와 너무 다르네.'

물론 나도 고등학생 시절, 같은 고민을 했지만, 지금의 청소년들은 공부량이 몇 배나 과중해지고 입시에 대한 부담이 더 커진 것 같았다. 모든 학생이 그런 것은 아니지만, 많은 청소년들은 자신의 꿈을 그려 보기도 전에 입시 전쟁터로 내몰리고, 충분한 진로지도를 받지 못한 상태에서 전공을 선택하도록 강요받고 있다. 막상 입시원서를 쓰려고 해도 자신의 적성보다는 점수에 맞춰 선택할 수밖에 없는 형편이다. 결론적으로 우리나라 청소년들은 자신의 적성에 맞는 전공을 선택하기 매우 힘든 상태에 처해 있다.

그렇기 때문에 2009년 즈음해서 새로 도입된 입학사정관제 등의 입시제도는 색다른 기회를 줄 수도 있지만, 또 다른 짐으로 느껴질 수도 있었다. 학생들의 능력과 소질에 맞게끔 저학년 때부터 학교 커리큘럼 안에서 진로지도를 항상적으로 수행하고 있는 미국의 경우에도, 입학사정관 제도가 시행된 지 100년 이상 되었지만 지금도 끊임없이 제도의 미비점을 보완해 최적의 학생을 지도, 선발하고자 한다.

그런데 우리나라에 갓 도입된 미국식 입학사정관 제도가 국내에 뿌리를 내리기 위해서는 학생과 학교와 가정에서 어떤 노력을 기울여야 하는지 나는 잘 모르겠다. 언론매체의 보도대로 또 다른 사교육 열풍을 가져오는 것은 아닌지, 학생들과 학부모들을 혼란스럽게 하는 것은 우려스러운 부분이 없지 않다.

물론 어려서부터 자신의 꿈을 야무지게 키워 온 청소년들의 모범적인 사례도 많이 있을 것이다. 일찌감치 자신의 전공과 관계된 활동을 꾸준히 하고 관련 독서도 열심히 하며 소위 확실한 '스펙'을 만들어서 당당히 자신이 원하는 대학에 입학한 성공담도 공개되고 있다. 그런데 미국의 제대로 된 제도대로라면, 이러한 과정이 모두 공교육 과정 안에서 이루어져야 한다는 점이다. 그것도 모든 중고등학생들에게 각자의 이해와 요구에 맞게 개별적이고 또 공평하게 맞춤 지도되어야 하는 것이다. 현재와 같이 상위 몇 퍼센트에 치우친 듯 보이는 입학사정관제도가 과연 본래의 목적과 취지에 맞는지 한번 검토해 볼 때이다.

사교육 열풍으로 원하는 대학에 대한 기대치는 덩달아 높아 가고, 적성에 맞는 전공과 대학을 선택하기는 갈수록 어려워진다. 반수는 기본이요 재수, 삼수도 불사해야 하는 입시 세태는 시간이 지나도 개선되지 않고, 많은 청소년들이 소위 '수능 낭인'으로 귀중한 청춘을 허비하고 있다. 재수, 삼수, 장수에 쏟아 붓는 수많은 시간과 사회적 비용은 가히 천문학적 숫자일 것이다.

'갈 곳 몰라 헤매는 안타까운 후배들에게 내가 해 줄 수 있는 말이 무엇일까? 내 이야기가 그들에게 따뜻한 위로가 될 수 있을까?'

나는 그들에게 친절한 손을 내밀고 싶었다. 내 이야기 한번 듣는다고 입시에 대한 고민을 해결할 수는 없겠지만, 힘들고 버거웠던 짐을 잠시라도 내려놓고 꿈을 꿀 수 있도록, 희망을 가질 수 있도록, 자신감과 용기를 가질 수 있도록, 그리고 자신을 사랑할 수 있도록 나는 그들의 성실한 멘토가 되고 싶었다.

'이런 길도 있고 저런 길도 있어. 다를 뿐이지 틀린 건 아니야. 너무 힘겨워하지 마라.'

나에게도 그렇게 말해 주기를 얼마나 바랐던가. 꼭 힘겨운 경험을 할 필요는 없지 않는가. 나처럼 교통사고를 당하고 재활치료를 해야만 하는 것은 아니지 않는가. 꼭 고통을 당해 봐야 그에 응당한 보상을 받을 수 있는 것은 아니라고 생각한다. 과거의 나처럼 힘들어하는 친구들에게 나는 작은 위로가 되고 싶었다. 나는 확신했다, 내가 그들을 분명히 도울 수 있을 것이라고.

그들은 모른다, 지금 그들의 시간이 얼마나 중요하고 소중한지를. 내 한 마디가 그들의 인생을 바꾸지는 못하겠지만, 아주 작은 생각의 변화라도 불러올 수 있기를 바랐다. 상처투성이였던 청소년기, 생사를 넘나드는 고통, 발로 걸으며 온몸으로 느낀 세계 문화, 그리고 최우등 졸업으로 3년 만에 대학을 졸업하게 된 노하우 등을 죽다 살아난 사람이 뼛속으로부터 전해 주는 절실함으로 외치리라.

글로벌 인재 양성을 위한 창의력 캠프

창의력 캠프에 참여하면서 나는, 우리 사회가 이제는 공부를 잘하는 것만이 21세기가 요구하는 인재상이 아니요, 성공하는 길이 아니라는 것을 인식하기 시작했다고 느꼈다. 사고의 전환이 일어나지 않는다면 한 치 앞도 예측할 수 없는 미래의 변화에 적절하게 대처하지 못할 것이다. 이러한 변화는 미래의 주역인 청소년들부터 시작되는 것이 지극히 옳다. 교육이 달라지지 않는다면 미래도 바뀔 수 없을 것이다.

고등학생 시절 방황하던 청소년이었던 내가, 이렇게 후배들 앞에 서게 되다니 가슴이 벅차올랐다. 학생들에게 친근감을 주기 위해서 정장 패션보다는 활동적인 캐주얼 의상을 선택했다. 나의 경험을 바

글로벌 인재 양성을 위한 창의력 캠프에서 강의하고 있는 모습(위_경기외고, 아래 _경기여고).

탕으로 글로벌 인재가 되기 위해서 필요한 정보들을 파워포인트로 알기 쉽게 정리해 보았다. 그리고 사진을 많이 넣어 시각적인 효과를 높였다.

"하이, 에브리원! 먼저 제 소개를 하겠습니다. 저는 대청중학교와 휘문고등학교를 졸업하고, 군대를 다녀온 후 50여 개국을 1년여 동안 혼자 여행을 다녔습니다. 그 뒤 미국으로 건너가 대학을 졸업한 뒤 삼성전자에 입사하여 미디어서비스그룹에서 일하고 있는 김준형이라고 합니다."

〈위〉 겨울방학,
창의력 캠프 강의 후
명덕외고 학생들과 함께.
〈아래〉 청담고에서 열린
창의력 캠프.

20명의 학생들이 초롱초롱한 눈망울로 숨을 죽이고 나를 바라보았다. 2009년 겨울, 강남구 개포동의 개포고등학교에서 나의 첫 강의가 시작되었다. 맑고 밝은 학생들의 모습을 보니, 1분도 헛되지 않게 많은 이야기를 들려주어야겠다는 생각이 절실해졌다. 나의 겉모습이나 이력만으로는 고생 한번 해 보지 않았을 형이나 오빠로 여길 터였다.

"우와, 멋있다!"

먼저 여행 이야기를 들려주자 다들 얼굴이 상기되어 들썩거렸다. 해외연수를 다녀오거나 외국 거주 경험을 한 친구들도 많을 터였지만, 그 나라의 문화와 풍광을 맛깔나게 들려주자 당장이라도 짐을 꾸리고 싶은 분위기였다. 삼성전자에서 하고 있는 일과 유학 생활에 대해 소개할 때까지만 해도 부러운 표정과 호기심 어린 눈빛 정도의 반응을 보였다.

그런데 8년 전 일어났던 교통사고에 대해 담담하게 이야기를 풀어놓자 학생들의 얼굴 표정이 달라졌다. 고된 삶과는 거리가 멀었을 것처럼 보였던 나에게서 지난했던 방황과 참혹했던 사고, 재활의 과정에 대한 이야기를 듣더니, 학생들은 많이 놀라고 또 마음 아파했다. 그리고 또 공감했다. 모든 것이 저절로 얻어지는 것은 없으며 쓰디쓴 고통을 인내하고 뼈가 녹아내리는 악전고투의 세월을 거쳐야 한다는 사실에 학생들은 고개를 끄덕였다.

"그래요, 여러분. 저는 교통사고 후 중환자실에 입원해 있을 때 얼마나 살고 싶었는지 모릅니다. 여러분 앞에 서기까지 얼마나 많은 다짐과 노력을 했었는지 모릅니다. 저는 제 이야기를 여러분에게 얼마나 들려주고 싶었는지 모릅니다. 제 이야기가 남의 이야기가 아니라 이제는 여러분 자신의 이야기가 되기를 빕니다."

학생들은 다행히 나의 진심을 읽어 주었다. 개별적인 질문이 이어지는 속에서, 나의 첫 강의는 감동 중에 마칠 수 있었다.

'아, 내가 아이들에게 겨자씨만큼이라도 도움을 줄 수 있다면……'

글로벌 인재와 언어

"영어, 어떻게 공부해야 돼요?"

이것은 창의력 캠프 강의를 할 때마다 고등학생들로부터 가장 많이 받는 질문 중의 하나이다. 그럴 때마다 이렇게 말해 준다.

"여러분, 언어는 학문이 아니고 커뮤니케이션입니다. 인간이 살아가는 데 필요한 도구이지, 하루 종일 문법을 들여다보고 정답을 맞춰야 하는 학문이 아닙니다. 누가 가르쳐 줘서 배우는 게 아니라 그냥 실생활에서 여러분이 습득하는 것입니다. 그러니까 습관이 중요합니다."

*

세계화, 글로벌화라는 말은 귀에 딱지가 앉을 정도로 너무 많이 들어서 이제는 지겨울 때도 되었다. 하지만 난 오늘도 이 두 단어를 입에 달고 산다. 왜냐하면 아무리 강조해도 지나치지 않기 때문이다.

진정한 글로벌화의 기본은 바로 언어 장벽을 넘는 것이다. 세계는 더 이상 지리적인 국경이 아닌 언어로 쪼개져 있다. 한국어밖에 할 줄 모른다면 내가 공부하고 일할 수 있는 곳은 한국뿐일 확률이 높다. 영어를 잘한다면, 미국과 영국, 홍콩, 싱가포르, 호주, 뉴질랜드 등에서 일할 기회가 주어질 것이다. 만약 5개 국어를 유창하게 구사할 수 있다면?

그래서 대체로 청소년들에게 미국 드라마 보기를 추천한다. 돈이 많이 드는 것도 아니다. 조금만 부지런하면 된다. 등하교 시간, 출퇴근 시간, 집에서나 어디서나 틈날 때마다 미국 드라마를 보라. 그러면 3개월 후에는 거짓말처럼 영어가 들릴 것이다. 부모님이 수능 공부는 안 하고 무슨 드라마를 보냐고, 얼른 들어가서 공부나 하라고 하시면, 잘 설득해 보라. 어차피 컴퓨터 온라인 검색이나 웹툰 보면서 보낼 시간이라면, 영어를 배울 좋은 방법이라고 떼를 써서라도 '미드' 볼 시간을 확보하라. 어느 부모님께서 그 기특한 발상을 지지하지 않겠는가. 나중에는 부모님도 함께 그 시간을 즐기실 것이다.

우리나라 사람들은 영어 공부에 엄청난 시간과 돈을 투자하고 있다. 그리고 투자 대비 효과가 없다고 볼멘소리를 한다. 그토록 간절히 영어를 잘하고 싶어 하지만 그만큼 어려워하는 이유 중의 하나는 적극성 때문이다. 듣기는 어느 정도 한다. 하지만 말을 하려면 창피해서 얼굴이 빨개진다. 우리나라 말이 아닌데 실수하면 어떠하리. 영어를 쓰는 현지에서도 우리나라 사람의 영어 실력을 어느 정도 이해한다. 그러니 창피함을 버려라. 그렇지 않으면 평생 영어와 담을 쌓게 될 것이다.

다양한 학생들 속으로 뛰어들다

창의력 캠프가 진행되는 중에 iMBC의 김미현 팀장으로부터 연락이
왔다. 창의력 캠프에 참여했던 15명의 강사 중 나의 강의가 가장 반
응이 좋았다는 내용이었다. 학생들은, 우선 고리타분하지 않고 신선
했다는 데 높은 점수를 준 것 같다. 자신들에게 정말 필요하고 실질
적인 정보를 가장 많이 전달해 주었다고 후한 평을 해 준 덕분이었
다. 강의 평가에 연연해하는 것은 아니었지만, 아이들과 마음이 통했
다는 데 기쁨이 컸다.

그로부터 약 18개월간 경기여자고등학교, 명덕외국어고등학교,
청담고등학교 등 모두 8개의 고등학교에서 개최된 창의력 캠프 강의
에 참여할 수 있었다. 강의가 끝난 뒤에는 학생들로부터 수십 통의
메일이 계속 도착했다. 메일 속에는 아이들의 생기발랄함과 함께 절
절함 고민이 진하게 배어 있었다. 강의 중에 다른 친구들의 눈치를
보느라 솔직히 드러내지 못했던 내용들, 그 안에는 하루하루를 살아
가는 아이들의 진솔한 고뇌가 살아 숨 쉬고 있었다.

> 강사님, '자신의 터닝 포인트를 찾아라' 이 말씀 정말 인상 깊었습니다.
> 고등학교 1학년 때 중상-중위권 정도의 성적에 머물렀을 때 공부는 열심
> 히 했는데 남들보다 성적이 안 나왔어요. 저도 중요한 저의 터닝 포인트를
> 놓치지 않고, 행정공무원이 되려는 꿈을 위해 열심히 노력하려고요. 70분
> 밖에 안 되는 짧은 시간이었지만 다른 강의보다 재미있었고요, 강사님의
> 인생담을 들으면서 많은 것을 느꼈어요. 너무 감사합니다.   ─이○○

강사님의 강의는 정말 색달랐어요!! 누구나 말할 수 있는 자신의 경험에 대해서 이렇게 와 닿는 설명을 하실 줄은! 특히 전 마지막에, 성공하려면 반드시 도덕성과 인간미가 바탕이 되어야 한다는 말에 많이 감명 받았어요. 저는 인간성을 바탕으로 성공한 사람이 정말 멋지다고 생각하거든요. 어떻게 하면 그렇게 열심히 할 수 있는 강한 동기를 만들어 낼 수 있을까요? 다시는 딴 생각 안 들게 동기 부여를 하고 싶은데, 조언 좀 해 주세요.
—명덕외고 최○○

저는 러시아어과에 재학 중이기 때문에 러시아와의 외교 관계 쪽에서 일하고 싶었어요. 그런데 오늘 강사님 강의를 듣고 나니 다시 고민해 보게 되더라고요. 저도 외국에 굉장히 관심이 많은데, 오늘 강사님도 외국 여행을 많이 하셨다고 해서 관심을 많이 가졌어요. 미국에 아는 친구가 있어서, 미국으로 오면 학교 다니는 데 도움을 주겠다고 오라고 하는데 집안 형편이 안 되거든요. 그래서 저는 우선 좋은 대학교에 간 뒤 돈을 벌어서 강사님 말씀처럼 여름, 겨울 학기 방학 동안 외국 여행을 해 보려고요. 여행 조언 부탁드립니다.
—명덕외고 이○○

어제 강의는 정말 환상적이었습니다. 저도 형과 같은 전공을 목표로 하고 있어요. 그런데 그게 참 힘들더라고요. 일단 저는 대학에 떨어졌어요. 그러고 나니 일도 잘 안 되고요. 대학 등록 방법에 대해 좀 더 자세히 말해 주실 수 있으세요? 저도 외국 대학으로 진학하고 싶은데, 주위에서는 학사학위 없이 유학 가면 무시 받기 십상이래요. 그것 때문에 걱정도 많고요. 생화학 연구원이 되고 싶은데 좀 더 자세히 조언해 주실 수 있으세요?

—박○○

예전에 일주일 동안 한미사령부에서 주최하는 '좋은 이웃 영어캠프'에 참가한 적이 있습니다. 거기서 미군 가정의 자녀들과 함께 학교 생활 등의 여러 경험을 하고 큰 충격을 받았습니다. 같은 고등학교 공부인데, 우리나라와 정말 차이가 많더라고요. 자유롭고 창의적이고, 제가 하고 싶은 것도 마음껏 하게 해 주고요. 그 뒤로 저는 유학을 가고 싶어서 제가 알아볼 수 있는 범위 내에서 많이 알아봤어요. 유학 가려면 돈이 한두 푼 드는 게 아니라 집에서도 만류를 하셨어요. 결국 힘겹게 유학에 대한 꿈을 접었습니다. 그런데 오늘 강사님의 강의를 들으면서 정말 많이 생각했습니다. 제가 이렇게 유학에 대한 꿈을 꾸는 것이 잘못된 건지 시간 낭비인지 아니면 현실적으로 가능은 한 건지 좀 도와 주세요, 강사님!   —경기여고 김○○

이 외에도 많은 학생들이 메일을 보내왔지만 일일이 소개하기는 어려울 것 같다. 아이들이 보내온 메일을 보면서 나는 미소를 짓기도 하고, 때로는 안타깝기도 했다. 역시 내가 우려했던 문제들을 아이들은 불가능하게 생각하고 해결하지 못한 채 방치하거나 포기하고 있었던 것이다. 특히 돈이 많이 들기 때문에 유학을 갈 수 없다고 생각하는 친구들의 이야기는 당장이라도 만나서 시시콜콜 알려 주고 싶기까지 했다. 시간이 날 때마다 틈틈이 아이들의 메일에 내가 할 수 있는 한 정성껏 답장을 보냈다.

강의가 진행될수록 한 가지 안타까움이 생겨났다.

'이미 공부 잘하고 똑똑한 학생들이야 내가 아니어도 책이나 인터넷강의, 학원과 여러 다른 방법으로도 많은 정보를 얻을 수 있다. 하지만 가정 형편이 어렵거나 목표를 찾지 못하고 방황하고 있거나, 또는 어떤 이유로든 꿈조차 포기한 학생들은 어떠한가! 나는 그 친구들에게도 내 이야기를 꼭 전해 주고 싶다.'

창의력 캠프 강의를 시작하고 얼마 후 이런 내 생각을 iMBC 측에 전달했다. 강남의 고등학교나 특목고에 다니는 공부 잘하는 학생들뿐만 아니라, 정보의 격차가 있는 소외된 지역의 다양한 학생들을 만나 보고 싶다고 말이다. 그래서 결국 2011년 3월 26일, 강화도 소재 학교의 학생들을 창의력 캠프에서 만날 수 있었다.

강화도 학생들은 그동안 내가 만났던 도시의 아이들과는 많이 달랐다. 이 캠프에 참여한 학생들은 대부분 소년소녀 가장으로서 학업보다는 삶의 현장에서 고된 시간을 보내고 있었다. 하지만 강의 내내 이들은 내게 미소를 보내 주었다. 세파를 헤쳐 나가기 위한 강인한 의지 앞에는 두려울 것이 없어 보였다. 왜 힘들지 않겠는가? 왜 눈물을 흘리지 않았겠는가? 그러나 그러한 고난을 꿋꿋이 이겨 내고 다가올 미래를 희망으로 준비하고자 노력하는 학생들의 모습을 보면서 오히려 내가 배울 점이 많았다고 솔직하게 고백한다.

'이들의 노력을 조금이라도 돕고 싶다.'

창의력 캠프에서 사용했던 강의용 파워포인트 내용을 띄우지 않고, 나는 학생들과 공감대를 형성할 수 있는 일화들을 풀어 놓았다. 내가 겪었던 어려움을 어떻게 극복했는지 진지하게 이야기하자 반짝이던 아이들의 눈망울이 더 커졌다. 더불어 인터넷을 활용해 세계를 미리 접해 보는 방법과, 10년 뒤의 변화할 환경에 어떻게 대처할지에 대해서는 커다란 호기심을 나타냈다. 예정했던 2시간이 2분처럼 금세 흘러가 버렸다. 강의 후에도 학생들은 메일로 많은 문의를 해 왔다. 나의 이런 노력이 아이들이 미래를 준비하는 데 조금이라도 시간을 절약하는 밑바탕이 되었으면 좋겠다. 다양한 학생들과 진솔하게 이야기할 기회를 갖는 것은 매우 보람된 일이다. 이러한 기회가 생긴다면 언제든지 달려가 희망의 빛을 함께 나누고 싶다.

뜻 깊은 소년원 멘토

2년여 동안 창의력 캠프를 통해 도움을 받은 것은 바로 나였다. 학생들과 소통하는 가운데 자연스럽게 나는 나 자신을 더욱 사랑하게 되었고, 또한 다른 사람을 사랑하는 다양한 방법을 터득해 나가고 있었다. 비록 짧지만, 내가 걸어온 인생에 대해 청소년들에게 고해하듯 전달할 수 있는 기회를 주신 iMBC 등 관계자 여러분께 감사드린다.

　나는 한 발 더 나아가 정규 교육을 받지 못하는 아이들에게도 관심을 갖게 되었다. 고아원이나 소년원에서 부모님과 격리된 채 외롭고 힘든 시간을 보내고 있을 친구들에게 가까이 다가가고 싶었다. 그 아이들과 친구가 됨으로써, 방황했던 나의 옛 기억과 과거를 완전히 극복하고 치유하고 싶었다. 그럼으로써 상처를 지닌 아이들에게도 나의 치유 방법을 전해 주고 싶었다. 그들의 상처를 따스하게 보듬고 싶었다.

'이것이 진정 내가 하고자 했던 일이 아니던가?'

그런데 그리 멀지 않은 때에 그 기회가 찾아와 주었다.

*

때마침 평소에 친분이 있던 수원지방법원의 하준필 판사님이 모 소년원을 연결시켜 주셨다.

"준형 씨의 뜻을 잘 알겠습니다. 친동생들이라 생각하고 한번 이야기를 잘 나눠 보세요."

경기도 군포시에 자리하고 있는 모 소년원을 가 본 첫날, 내가 생각했던 소년원과는 거리가 멀어 깜짝 놀랐다. 최근에는 소년원이라는 명칭도 사용하지 않고, 외양도 여느 중고등학교와 별반 차이가 없었다.

'이렇게 달라졌구나.'

소년원도 시대의 변화에 맞게 아이들의 교육과 재활에 맞추어 새로운 교육기관으로 탈바꿈하고 있었다.

"어서 오십시오."

나는 긴 복도를 지나 학생들을 만나기로 한 면접실로 안내되었다.

멘토가 되어 방문한 소년원에서, 자신이 쓴 글을 발표하는 학생의 모습.

학생들이 오기를 기다리는 동안 학교 관계자로부터 다소 충격적인 이야기를 들었다.

"우리 학교 아이들은 또래아이들처럼 맑고 순수해 보여요. 하지만 그 속을 들여다보면 아주 복잡합니다. 이런 말씀을 드리면 선입견을 가지실지 모르겠지만, 우리 아이들은 어려서 너무 모진 일들을 겪고 상처를 입었어요. 그래서 그런지 아직 자신이 지은 잘못을 제대로 받아들이지 못하고 있습니다. 아직 철이 덜 든 탓도 있겠지요. 좀 더 나이가 들고 세상일을 받아들일 수 있는 마음의 그릇이 커진다면 나아지겠지만요. 그리고 가정환경도 그다지 좋지 못하지요. 그래서 스스로 피해의식을 갖기도 하고요. 제가 말씀을 드리는 것보다 일단 한번 아이들을 만나 보시면 아실 거예요. 처음부터 아마 마음을 쉽게 열지는 않을 거고, 어쩌면 눈도 잘 마주치지 않을 겁니다. 그렇다고 해서 너무 실망하지 마시고요, 포기하지 마시고 잘 좀 부탁드립니다."

'아아, 그래, 그렇구나.'

나는 소년원에 오기 전에 아이들의 특성과 심리를 이해하기 위해 이런저런 자료를 찾아보았다. 대부분 10세에서 19세 미만의 소년들이 생활하고 있었고, 학교교육과 직업능력개발훈련, 인성교육 등을 실시하여 재범 방지와 완전한 사회 복귀를 실현하는 것을 주요 임무로 하는 곳이었다. 수도권에 3개의 보호교육기관을 포함하여, 전국에 11개의 기관이 있었다. 청소년들을 잘 지도하여 다시 소년원에 들어오지 않게끔 스스로 자기 삶을 개척할 수 있는 의지를 키워 주고, 직업을 찾을 수 있게끔 유도하는 이 교육은 정말 중요하다.

하지만 이 안에서 청소년 한 사람 한 사람에게 맞는 개별적인 치유와 변화가 과연 가능할까? 잘못을 저지르고 상처를 입은 채, 다시 사회로 나가기 위해 기술을 배우고 다양한 직업교육을 받는 아이들에게 나는 무슨 말을 해 줄 수 있을까?

아이들을 만나기 전에 조용히 기도를 올렸다.

"하느님, 부디 제가 끝까지 포기하지 않고 한 아이의 영혼이라도 아름답게 치유할 수 있도록 도와 주소서. 또한 이 아이가 다른 아이를 도울 수 있는 용기도 베풀어 주시기를 기도합니다."

마음속으로 다짐하고 있는데, 어느새 한 아이가 면접실로 들어섰다. 아이는 키가 크고 제법 잘 생겼다. 얼굴에는 작은 상처들이 몇 군데 나 있었다. 사뭇 긴장되는 순간이다. 아이와 나 사이의 거리감을 좁히면서 관심을 끌 만한 이야기로 뭐가 좋을까? 막상 마주치자 무슨 말부터 꺼내야 할지 암담했다. 아이가 의자에 털썩 앉았다.

"안녕? 처음 만나게 되어 반갑구나. 음, 나를 뭐라고 부르면 좋을까? 편할 대로 그냥 형이라고 불러. 어때? 나는 그게 편한데."

듣던 대로 아이는 내 눈을 마주치지 않고 이리저리 눈동자만 굴렸다. 규정대로 짧게 자른 제 머리통만 머쓱하니 만질 뿐 내게는 관심이 별로 없어 보였다. 열여덟 생일을 앞둔 이 아이는 폭행, 강간미수, 사기 등으로 전과 5범이었고, 2년의 소년원 생활 중 1년을 남겨두고 있었다.

한참 동안 물끄러미 허공을 응시하던 아이는 심드렁한 목소리로 이렇게 말했다.

"누가 이야기 나누러 온다기에 늙은 꼰대 만날까 봐 걱정했는데, 그래도 보기에는 괜찮은 편이네요. 진짜 외모가 형 같으니까 까짓 형이라고 불러 주죠. 지겨운 얘기는 사절인 거 아시죠?"

*

세 번째 만났을 때 이 아이는 내게 마음을 열기 시작했다. 내가 겪었던 방황과 사고에 대한 이야기를 꺼내자 묘한 동질감을 느꼈는지, 아이의 눈빛이 달라졌다. 그리고 조금씩 자기 이야기를 털어놓았다.

"여기 처음 들어왔을 때는 답답해서 미치는 줄 알았어요. 언제 2년이 가나, 빨리 나가서 친구들하고 어울려 놀아야 하는데, 여기서 재미없는 기술이나 배우며 죽 때리고 있으려니 정신이 어떻게 될 것 같더라고요. 한 달 두 달 지내다 보니 할 일도 없고 다들 준비하니까 공부해서 검정고시를 봤죠. 그런데 운 좋게도 통과된 거예요. 공부도 해 보니까 재미가 있더라고요. 나도 할 수 있구나 하는 자신감도 생기고, 그래서 지금은 수능 공부 하고 있어요. 그것도 철컥 붙었으면 좋겠는데, 여기 와서 제 인생이 완전 좋아졌죠. 부모님도 좋아하시고. 여기서 나가도 이곳에서 보낸 시간을 절대 잊지 말자고 생각하고 있어요. 처음엔 여기 들어온 거 엄청 원망했어요. 엄마, 아빠도 싫고 학교 선생님도 밉고 친구들도 마찬가지였죠. 근데 지나고 보니까 제 인생이 바뀌고 있잖아요. 형 같은 분이 저를 만나러 와 주신 것도 그렇고, 어쨌든 이래저래 감사하고 있어요."

"그랬구나, 너와 이렇게 이야기할 수 있어서 나도 참 고맙다. 이제 우린 친구지?"

"예, 형. 기다리고 있을게요. 또 만나러 와 줘요."

이 아이는 내가 한 달에 한두 번씩 만나러 갈 때마다 조금씩 자라고 있었다. 아이들은 손에 책을 들기 시작했고, 좌절의 늪에서 벗어나기 위한 노력을 천천히 시도했다. 소년원에 온 지 얼마 지나지 않아 나는 두 아이의 멘토가 되었다. 두 아이는 마음을 다잡고 검정고시에 모두 합격하였고 현재 수능을 준비하고 있다. 1년 후면 사회의 구성원으로 복귀하리라 예상했는데, 이 아이들은 모범수로서 소년원에서 지내야 할 기간을 줄이며 조기 퇴소하는 영광스러운 역사를 이루었다. 아이들은 다시 꿈을 꿀 준비가 되어 있었다. 자신의 미래를 그리고 사랑을 느끼고 또 하면 될 수 있다는 자신감을 갖기 시작했다. 정말 자랑스러운 아이들이다.

나는 소년원에 내가 가진 것을 베풀고 봉사활동을 하러 온 것이 결코 아니다. 힘들지만 아이들은 자신들의 꿈을 야무지게 키워 나갔고, 나는 그것을 옆에서 지켜볼 수 있어서 너무나 행복했다. 가까운 미래에 멋진 대학생이 되어 있거나, 직장에서 자신만의 기술을 자랑하고 있을지도 모르겠다. 절망을 딛고 희망을 찾아 도약하는 아이들을 옆에서 지켜보는 것이 바로 내가 한 일이었으며, 앞으로도 그 일은 계속될 것이다.

소년원에서 활동을 시작한 지 8개월이 지나자, 법무부장관 위촉 소년보호위원 중 교육위원으로 활동할 수 있게 되었다. 다음 카페에 소년원 코너가 개설되어, 원생들과 편지를 주고받으며 수시로 멘토 역할을 해 줄 수 있었다. 기회가 된다면 교화위원으로서 여러 학생들 앞에서 진솔한 강의를 하고 싶다.

*

소년원 친구들과 마음을 터놓게 되자 나는, 최근 급증하고 있는 탈북 학생들에게도 관심을 가졌다. 탈북자들을 모아 보호하고 사회에 정착하도록 도와주는 고등 교육기관인 '여명학교'를 알게 되었다. 어쩌면 소년원 학생들보다 더 깊은 상처를 갖고 있고 사회에 적응하는 데 두려움을 지니고 있는 이들, 더구나 대부분이 고아인 탈북 학생들은 가까이하기가 훨씬 어려웠다. 처한 현실에 대해 이야기를 나누며 한 걸음씩 다가가는 연습을 하니 마음 문을 좀 열 것 같다. 이러한 일련의 활동들은 나를 긍정적으로 살아가게 하는 계기가 되었고 매사에 고개 숙이고 감사하는 삶으로 나를 인도하고 있다.

20대, 젊음을 무기로 독립하라

메사추세츠대학교 재학 시절, 친구들과 추수감사절 휴가로 하와이에 놀러간 적이 있었다. 공항까지 배웅을 나온 한 친구 아버지가 친구에게 돈 500달러를 쥐어주셨다. 친구는 순간 주위를 두리번거리더니 얼굴이 빨개지면서 아버지 귀에 소곤거렸다.

"창피하게 뭘 이런 걸 주세요."

그러고는 황급히 아버지께 돈을 돌려드렸다. 미국에서 고등학교를 졸업하고 대학생이 됐는데도 부모님께 돈을 받으면 이처럼 창피한 일이다. 자신의 무능함을 드러내는 바로미터라고 생각하기 때문이다. 이처럼 미국인들은 우리나라 학생들보다 일반적으로 4~5년 일찍 독립하고 사회생활을 앞서서 몸에 익히는 편이다.

하지만 우리나라는 어떠한가. 부모님께 물려받을 것이 없는 사람이 오히려 창피한 그런 세상이 되어 가고 있다. 대학을 다닐 때에도 학비는 물론이요, 용돈도 부모님이 주신다. 회사에 취직할 때까지도 부모님 집에 얹혀살고, 결혼할 때에도 부모님께 손을 벌린다. 심지어는 결혼하고 나서까지도 도움을 받는 경우도 어렵지 않게 볼 수 있다. 양육과 사교육의 문제 때문인지 조부모의 재력이 뒷받침되는 집안을 은근히 부러워하기까지 한다. 날이 갈수록 우리나라에서는 이러한 풍조가 자연스럽고 당연시되고 있는 것 같다.

그렇다면 대한민국의 부모는 어떤 사람인가? 평생을 자식을 위해 자신의 인생을 헌신하는 사람인가? 제대로 된 노후 대책 없이 자식들을 부양하기 위해 아낌없이 지출한다. 어떤 이는 이러한 현상을 가리켜, 자식들이 부모의 미래를 '땡겨다' 쓰는 것이라고 표현한다. 그렇다. 부모에게도 부모의 인생이 있다. 부모는 정당하게 자신이 번 돈으로 자식도 키우는 한편, 자신의 미래를 보장받을 권리가 있다.

그러나 그것보다 더 중요한 것은, 정작 도움을 받는 것이 당장은 감미롭고 고마울지 몰라도 먼 미래를 보고 판단해 보면 본인에게 전혀 도움이 되지 않는다는 사실이다. 부모님께 의지하는 것은 삶을 쉽고 안일하게 사는 지름길이다. 점점 이러한 방식에 길들여지면 애써 노력해서 돈을 벌 필요를 느끼지 못한다. 삶에 대한 진지함과 절박성이 없다. 자신의 인생은 껍데기에 지나지 않는다는 것을 깨닫게 될 때에는 이미 너무 늦다. 더 이상 부모님이 살아 계시지 않는다면 누구에게 손을 벌릴 것인가?

한편, 부모님의 '돈 그늘'에서 벗어나지 못하게 되면, 자신의 꿈마저도 부모님께 종속될 수 있다. 부모는 자식을 품 안에 두고 싶어 한다. 자식들이 척박한 사회에 나가 부딪히고 깨지는 모습이 안타까워,

도움을 요청하면 외면하지 못한다. 그렇게 되면 부모님의 간섭도 커질 수 있다. 학교와 학과 선택은 물론, 직장 선택에까지 관여하게 되고 결국은 배우자의 결정에도 큰 입김으로 작용한다. 물론 그러한 개입은 부모의 고유한 특권이기도 하다. 경제적인 독립이 그러한 갈등의 근본 해법은 될 수 없겠지만, 경제적으로 독립한다면 자신의 의견을 당당하게 밝혀 갈등을 완화할 수는 있을 것이다.

*

나 역시 늦게까지 도움을 받기는 했다. 뜻하지 않은 사고로 병원 신세를 오래 졌고, 재활치료차 떠난 여행의 초기 자금은 부모님께서 마련해 주셨다. 이후 미국 유학을 떠날 때에도 비행기 티켓과 처음 정착비와 생활비, 한두 학기 학비는 모두 부모님께서 도와주셨다. 하지만 그 뒤에는 철저히 독립하려고 노력한 결과, 오히려 학비를 충당하고도 상당한 금액을 저축할 수 있었다.

성인이 된다는 것은 자신의 생활을 책임진다는 의미이다. 일찍 경제 관념을 갖는 것이 중요하다. 지출과 수입의 균형을 맞추고 저축 계획도 세우고 자신에게 맞는 경제생활을 몸에 익혀야 한다. 그러므로 '돈을 번다는 것'은 나 자신의 규칙에 맞게 살게 된다는 뜻이다. 그러다 보면 미래에 대한 계획을 장기적으로 세울 토대가 마련된다.

미국 마이애미와 샌프란시스코에는 인생의 제2막을 사는 50~60대의 노인들이 많다. 20대에 일찍 독립하고 철저한 경제 관념을 세우고 열심히 저축한 덕분에, 남들보다 20년 먼저 행복한 노후 생활을 즐기며 살아가고 있는 것이다.

20대 이후에는 철저하게 독립하라. 최소 학비 이외에는 부모님께 의존하지 않는 게 어떨까? 학업 중에도 아르바이트를 하며 신성한 노동의 대가를 받고 용돈을 버는 것은 자랑스러운 일이다. 그리고 10~20대에는 버는 돈을 굳이 저축하지 말고, 모두 자신을 위해 재투자하는 것을 권한다. 여행을 다녀도 좋고, 패션에 관심 있다면 옷을 사도 좋다. 어학원이나 컴퓨터 관련 학원을 다니는 것도 바람직하다. 그렇게 자신을 위해 투자하면 30대에는 20대 때 뿌린 거름으로 훌쩍 성장하여 더 가치 있는 나 자신을 발견하게 될 것이다.

또 다른 도전을 꿈꾸며

케냐 킬리만자로 등반에 도전

지구상에서 8월 말~9월 초에 아프리카 야생동물의 대이동을 직접 볼 수 있는 곳이 있다. 이 대광경을 보기 위한 가장 적합한 장소는 동아프리카의 킬리만자로이다. 이곳은 하나의 산이 아닌 화산으로 생긴 여러 개의 봉우리로 이루어져 있다. 그중 적임지인 봉우리가 주봉 키보(Kibo)이다. 아마 산꼭대기의 만년설과 지구 온난화의 증거인 킬리만자로의 눈물로 익히 들어 본 이름일 것이다. 해발 5,895미터의 정상인 우후루 피크(Uhuru Peak)를 등반하는 데는 약 일주일이란 시간과 혹독한 사전 준비가 필요하다. 매일 아침 출근 전 5~10킬로미터의 조깅과 일주일에 3번의 근력 운동, 주말에 사이클을 타고 110킬로미터의 다리 근력 훈련 등이 나를 기다린다.

　가장 힘든 건 훈련이 아니다. 나 자신을 제어하는 것이다. 주말에 즐거운 모임과 행사, 파티 등에서 항상 사람들과 교류해야 하는 나의 생활을 유지하면서도 훈련을 지속적으로 유지하는 일이 가장 힘들다. 친구와 사람들을 사랑하는 만큼 나의 여정과 도전을 사랑하기에 '극기'라고 부를 만한 과제를 세워 두고 그 목표를 위해 쓰러질 때까지 도전한다. 그것이야말로, 외발로 달리는 자전거가 넘어지지 않는 유일한 방법이라 생각한다. 힘내자!

폴로 팀 창설의 꿈

조현준 선배는 일찍이 사회적으로 성공했지만 후배들과 눈높이를 맞추며 항상 겸손한 자세를 보인다. 영어와 일본어를 원어민 수준으로 구사하고 해박한 지식과 풍부한 경험으로 후배들에게 친절한 조언을 아끼지 않는다. 지난 봄, 조 선배는 여러 후배들이 모인 자리에서 이런 제안을 했다.

"우리나라도 이젠 G20라는 강대국의 대열에 들어왔으니 문화적

으로 더욱 성장해야 한다. 특히 술과 향락의 옛 문화는 벗어버리고 스포츠와 레저로 활기차고 긍정적인 문화를 만드는 것이 요구되는 시대이다. 대한민국의 미래를 위해 이런 일을 앞장서서 해 줄 인재들이 필요하다."

모인 멤버들은 조 선배의 제안에 이러저런 의견을 나누다가 폴로 팀 창설로 관심이 좁혀졌다. 한국에도 토종마인 조랑말이 있다. 조랑말을 개량하고 훈련시켜 국제적 신사 스포츠인 폴로 팀을 창설하고 리그를 만들면 좋겠다는 의견이 오고 갔다.

폴로란, 영국과 남미 등지에서 많은 인기를 누리는 신사의 스포츠이다. 남성 스포츠 중 가장 격하고 많은 훈련과 노력이 필요하며, 높은 수준의 매너가 요구된다. 언젠가는 대한민국에도 폴로 팀이 창설

패션계에 종사하는 사람들에게는 성경처럼 읽힌다는 세계에서 가장 유명한 섬유업계의 전문 신문인 'WWD(Woman's Wear Daily)'에 실렸다. 패션과 뷰티, 트렌디한 모든 것을 담는 이 잡지에 서울의 최근 트렌드를 반영하는 젊은이로 내가 2012년 4월에 소개되었다(왼쪽, 오른쪽).

될 수 있도록 힘을 다해 노력한다면 안 될 이유가 없지 않은가?

이에 나에게는 또 하나의 목표가 생겼다. 폴로를 정복하기 위한 첫 번째 도전으로 삼성전자 승마팀 SSEC(Samsung Saddlebacks Equestrian Club)를 2011년 여름에 창설하여 주장으로서 정기적으로 기승을 하며, 멤버들과 함께 승마 활성화를 위해 훈련하고 있다.

아이언맨 풀코스 도전

수영 3.8킬로미터, 사이클 180킬로미터, 풀코스 마라톤 42.195킬로미터 완주해야 하는 철인3종경기 중 아이언맨 풀코스(Iron Man Full Course), 이것은 내가 꼭 도전하고 싶은 종목이다. 인간의 한계, 나의 한계가 어디까지인지 솔직히 보여 줄 수 있는 기회라고 생각한다. 그동안 내가 도전했던 코스는 철인3종 올림픽 코스였는데, 이번 도전은 몇 배나 더 긴 거리인 킹코스라 과연 해낼 수 있을지 걱정이다. 항상 오른쪽 무릎이 문제이다.

2012년 4월, 동아마라톤 때에도 23킬로미터 지점에서 걱정했던 것처럼 오른쪽 무릎이 말을 듣지 않았다. 아무리 힘을 주어도 무릎이 굽혀지지 않았다. 바로 전까지 잘 달리던 그 무릎이 어느 순간 아예 멈춰버렸다.

'아아, 나는 끝까지 뛸 수 있는데, 나는 마음의 준비를 단단히 했는데. 몸이 부서진다 해도, 심장이 터진다 해도, 뜨거운 태양 아래 타들어간다 해도 난 끝까지 뛸 수 있는데…….'

더 이상 몸이 움직이지 않자 나는 하염없이 눈물을 흘렸다. 절룩거리는 다리를 이끌고 골인지점까지 도착하는 데 6시간이 흘렀다. 마라톤에는 제한시간이 있다. 마라톤에 6시간을 소요했으니, 내가 골인지점에 들어설 때는 모두 철수하고 없을 시간이다. 이것은 완주가 아니다.

지금도 일주일에 1번씩 지속적으로 재활치료를 받는다. 담당의는 아픈 다리를 치료하면서 가끔 나를 꾸짖는다.

"좀 왜 그러세요? 뛰면 뛸수록 점점 악화된다니까요. 마라톤 하는 분들은 왜 이렇게 말을 안 듣는지 모르겠어요. 그래도 그 의지 하나는 참 대단하네요."

빙그레 웃는 담당 선생님을 보며, 나도 언젠가는 다른 참가자들과 비슷한 시간에 완주할 수 있을 것이며, 그날은 꼭 오리라는 꿈을 꾼다. 오늘도 내일도 조금씩 힘차게 발을 구른다.

해피한 해피 모임

친한 선후배들과 NPO(Non-Profit Organization) 모임을 만들기로 하고 처음 시작해 본 것이 해피 모임이다. 해피 한강 Dog, 해피 골프, 해피 웨이크보드, 해피 승마, 해피 맛집 등 이름이 '해피 모임'이라 그런지 모이는 모두가 그저 해피, 해피하다. 자발적으로 스스럼없이 모여서 소중한 시간을 함께 공유하고, 서로 피해를 주지 않으며 해피 에너지를 키워 나누는 그런 공동체를 추구한다. 그 규모가 점점 커져서 현재 페이스북상에 각 해피 모임당 400~500명의 회원들이 있다.

스스럼없이 초대하고 자발적으로 참여한다. 처음 참여한 사람들은 헤어질 때 '너무 감사하다', '이런 해피 모임에 참여할 수 있어서 너무 기쁘다', '다음에 꼭 또 불러 달라'는 메시지를 남긴다. 그런 모습을 볼 때마다 내 마음은 은혜로 충만하다.

우리의 목적은 단 하나, 해피 에너지를 모아 더욱더 크게 키워 더 큰 해피니스(행복)를 공유하는 것이다. 소셜 허브(Social Hub)로서의 나의 역할이 감사할 뿐이다.

한국·해외의 문화적 교류를 위한 소셜 허브의 역할

나는 유별나게 글로벌 친구들이 많은 편이다. 페이스북 창시자인 주커버그에게 감사할 일이다. 페이스북은 단순히 돈을 벌기 위한 사업체라기보다 세상을 하나로 융합하고, 좀 더 사랑을 나누고 정을 쌓고, 사람들이 하나가 될 수 있는 도구로써 그 의미가 크다고 생각한다. 한 번 만난 외국 친구들과 그 끈을 잃지 않고 지속적으로 서로의 동향을 확인하고 축하 메시지를 보내고, 슬픈 일은 서로 위로해 준다. 또 그 나라에 갈 일이 생기면 서로 연락하여 기꺼이 만난다. 이러한 끈은 매우 중요하다.

한국을 방문할 예정인 친구들은 계획을 짜기 전에 나에게 먼저 연락하게 하여 스케줄을 조정하고 나와 함께 시간을 보낼 수 있게 만든다. 그러한 일들이 있어서 나는 너무 행복하다. 물론 쉽지 않은 일이다. 시간을 투자하여 그들에게 정보를 제공하고 필요한 것들을 미리 챙겨 주고 이것저것 예약도 해 주는 것은, 진정한 배려가 없으면 불가능한 일이다. 내가 조금 귀찮고 힘들어도 나를 찾는 사람이 존재함으로써 내가 사는 보람을 느끼는 것, 그것이야말로 우리가 다음 세상을 위해 준비해야 하는 필수요소라고 확신한다.

MBA의 계획

나는 다음 도약을 꿈꾼다. 회사원으로서 업무를 병행하며 과연 MBA를 준비할 수 있을까? 상사의 눈치를 봐 가며 공부해야 하는 게 대다수 회사 주니어들의 모습일 것이다. 나도 마찬가지이다. 책은 샀다. 작년부터 책은 책상에 고스란히 놓여 있다. 학원도 등록해 봤다. 수업은 빠지지 않았다. 그러나 모든 것을 포기하고 공부에 집중하기란 거의 불가능해 보인다. 불가능이 없다고 외치는 나이지만, 이것이 참 어려운 과제임에는 틀림없다.

하지만 포기하지 않는다. 기회가 오리라. 나에게 공부할 시간이 주어질 것이라 굳게 믿고 앞에 놓인 과제와 업무를 충실히 해 나간다. 틈틈이 영문 '이코노미스트' 잡지를 읽고, 자막 없이 영화를 보며 영어 공부에 대한 감을 잃지 않으려고 노력한다. 가장 중요한 것은 꿈을 잃지 않는 것이다. 아무리 어렵고 힘든 상황에서도 솟아날 구멍이 있다고 하지 않았나? 그날을 꿈꾸며 오늘도 긍정적인 마음으로 아침을 맞이한다.

나라를 사랑하는 사람들의 모임

올해부터 시작한 모임 중 가장 진지한 모임이다. 이 모임에서는 대한민국 건국과 헌법, 근대화의 과정과 앞으로의 과제 등에 대하여 한 달에 1번 5시간가량 강의를 듣는다. 각계각층 선배들이 주축이 되어 만든 이 모임은 주로 대한민국 헌법에 관한 공부와 토론을 한다. 나라 사랑의 뜻이 깊은 분들이 후원하고 이끌어 주는 이 모임의 일원이 된 나는, 부족한 지식을 뉘우치고 조금씩 배워 나가고 있다.

지금까지 우리 아버지 세대에서 대한민국을 천억 달러 수출의 나라, GNP 2만 달러를 넘어 G7에 드는 나라로 만들어 놓으셨으니, 우리 세대에서는 경제 대국의 이름에 걸맞게 사회와 문화, 정치 등의 분야에서도 기본적인 휴머니즘에 입각한 풍토를 조성할 수 있도록 힘을 쏟아야 한다고 생각한다.

노블리스 오블리주(Noblesse Oblige), '가진 자의 도덕적 의무'를 떠올려 본다. 나라가 위기에 처하면 사회지도층이 먼저 나서서 근간이 될 수 있는 나라, 사회적 책임과 국가에 대한 봉사를 영예롭게 생각하는 멋진 조국을 꿈꾸어 본다. 이를 실천함으로써 우리나라가 문화의 꽃을 피우고 세계에 당당히 우뚝 서게 될 것이다.

사회의 많은 저명인사들이 금융사기와 뇌물수수, 탈세, 투기, 병역기피 등에 연루된 모습을 자주 목격한다. 사리사욕을 채우기 위해 법정에서 폭력을 휘두르기도 하고, 국회를 개장하지 않고 방치하는 등 기본 헌법을 가볍게 여기는 관료들이 있다. '주권이 국민에게 있다'는 기본 명제를 가슴 깊이 새긴다면, 국민을 위해 겸손한 자세로 국민을 섬기고 나를 희생하여 무엇을 할 것인지 고민할 것이다. 나는 진지한 모임에서 필히 연암 박지원 선생같이, 나라를 위하여 목숨을 바쳐 따끔한 한 소리를 할 수 있는 애국자가 나올 수 있기를 희망하며 오늘도 열심히 공부한다.

*

나를 나답게 하는 7가지 도전과 계획이다. 나는 지금도 또 다른 도전을 하기 위해서 새로운 여정을 꿈꾸고 있다. 많은 분들과 함께하고 싶다.